小泉八雲

日本美と霊性の発見者

池田雅之

小泉八雲　日本美と霊性の発見者

目次

はじめに――失われゆく日本の心を見つめて

本書は、帰化して小泉八雲《こいずみやくも》と名乗ったイギリス人作家ラフカディオ・ハーンの横浜上陸から東京で亡くなるまでの十四年間の心の軌跡を中心に描いた八雲案内である。八雲という一西洋人が、明治日本の内懐《うちぶところ》に入り込み、何を発見し、それをどのように感受したのか。そして、近代日本の何に悩み、傷ついたのか。

また創作や人々との交流をとおして、どのようにして心の傷を癒《いや》し、克服していったのか。そしてついに、彼が日本において見つけたものとは何んであったのか。私の八雲に寄せる関心は、人間小泉八雲の内面のドラマと日本発見の旅にある。

したがって本書は、明治二十、三十年代を背景に八雲の魂の軌跡を追ってはいるが、編年体の評伝でもなければ、学術書の類《たぐい》でもない。私の試みたことは、八雲という人間と共振しつつ、共に旅をし、彼の自己発見の旅の道連れになることである。

八雲は日本時代における創作プランを友人宛の手紙にしたためたとき、自分の著作が、読者に実際日本にいるかのような気持ちを抱かせるようなものであってほしいと願った。不遜《ふそん》ながら私も、この八雲入門の小著が読者に彼の魂と共に旅しているという感覚を感じてもらえたらと思っている。

八雲の日本及び自己発見の旅を読み解く鍵《かぎ》は、「霊的なもの」ghostlyという言葉の意味の理解にあると思う。八雲は、東京帝国大学での「文学における超自然的なものの価値」という講義で、ghostlyという言葉は想像以上に意味深長な言葉であると語っている。ghostlyとは、元来「神」を指す言葉であり、「神聖」「神秘」さらには「宗教的なもの」の意味も有しているという。そして、この言葉は超自然的なものだけでなく、人間の内面や魂をも表象する意味を持っているとも主張している。

私は、このghostlyという言葉の意味の広がりと深さを知ることが、八雲文学を読み解く鍵となるのではないかと思っている。八雲文学は、彼の魂とあらゆる存在物(超自然的なもの、自然、動植物、人間など)の内に宿る「霊的なもの」との響き合い、その照応《コレスポンダンス》によって生まれたものといえよう。

八雲は同じ講義の中で「われわれが、幽霊をめぐる古風な物語やその理屈づけを信じないとしても、なお今日、われわれ自身が一個の幽霊にほかならず、およそ不可思議な存在であることを認めないわけにはいかない」と述べている。またすぐれた芸術作品には、「つねに何か霊的なものが宿っている」といい、それは「われわれの内部にひそむ、無限なるものに関わるなにかに触れる」とも述べている。

そういう ghostly なものへの受信器を内面に秘めた八雲は、日本をどのように眺め、何に心動かし、傷つき、何を描いたのであろうか。それが本書の主題である。八雲の作品は、彼が日本という恋人を双の腕《かいな》で抱きとめたときの率直な感動の表現であるかのように、私の心耳に響いてくるのである。

日本人の生活の類まれなる魅力については、「極東の将来」という講演で、八雲は「並外れた善良さ、辛抱強さ、素朴な心、察しの良さ」などを挙げている。いまだ自虐的な心性から脱することのできぬ日本人には、八雲の日本人賛美は、面映ゆく感じられるであろうか。

八雲は日本人だったら見落とすであろうさまざまな日本人の美質を拾い出してくれた作家である。八雲の日本および日本人へのアプローチの仕方は、異国趣味《エキゾティシズム》の域を出ないという批判もある。また八雲の日本びいきに対して、点の辛い欧米人も多いことも承知している。しかし日本文化に対し、共感的にあるときは救済的に関わることのできた八雲のような柔らかな眼差《まなざ》しを持った人格は、私たちにとって大切な存在だと思う。

もう一つ、八雲が日本を共感的かつ救済的に描写する実例を引いて、「まえがき」を結びたい。その一節は「日本人の微笑」(『新編　日本の面影』)の終りごろに出てくる。八雲は来日早々鎌倉方面にも足を運んだとみえ、鎌倉の大仏様について次のようにしるしている。

「日本民族の道徳的な理想主義が体現されているのが、鎌倉のあのすばらしい大仏様であるように、私には思われる。『深く、静かにたたえられた水のように穏やか』といわれる大仏様の慈顔に、込められているものは、かつて人の手が作りだした、他のどんなものにも比べることのできない。『こころの安らぎこそ、最高の幸福である』（法句経）という、永遠の真理であろう」。

鎌倉の大仏様のお顔に日本民族の道徳的な理想主義が体現されている、と八雲は直観したのである。ということは、八雲は当時の日本人のつつましい生活ぶりに霊性の高さを感得していたのである。この「日本人の微笑」の一節からも、八雲の日本人に対する共感的な眼差しを、私たちは感じ取ることができる。

八雲は日本の美と霊性の発見者であっただけでなく、その発見を通じて日本人に自信を与えることの出来た人物でもある。そういう意味で、八雲は日本および日本人に対して、日本人の自虐性や自己肯定感の低さに救済的に関わることの出来た芸術家であり、教育者であったともいえるのではなかろうか。

私は、この小著を八雲のそうした日本発見と自己発見の旅の道連れの一人として書いたつもりだ。読者のみなさんにも、八雲の、そして私の旅の道連れになっていただければ嬉《うれ》しい限りである。八雲の日本人と日本文化に寄せるおだやかな視線をとおして、私たちも日本の麗しさ、その美の発見者になれば、こんな喜ばしいことはない。

第一章　小泉八雲はなぜ日本にやって来たのか

——漂泊・幽霊・ユートピア

1　激情家・小泉八雲の生涯をたどる

八雲の来歴

日本時代の小泉八雲《こいずみやくも》の話に入る前に、まず、ざっと彼の来日までの経歴を粗描しておこう。

八雲は、一八五〇年（嘉永《かえい》三）、アイルランド人を父に、ギリシア人を母に、ギリシアのレフカダ島に生まれた。島の名にちなんでパトリキオ・ラフカディオス・ハーン（ギリシア語読み）と命名された。英語読みでは、パトリック・ラフカディオ・ハーン。

父チャールズ・ブッシュ・ハーンはアイルランド出身の陸軍軍医で、母ローザ・カシマチはギリシア人であった。父チャールズはこのレフカダ島に駐屯中に島の娘ローザと結ばれたが、誰からも祝福されることのない結婚であったといわれている。

十九世紀の中頃において、両親がいわゆるイギリス、フランスなどの西洋列強の人間でなかったことは、八雲のこれからの困難な人生航路を予感させた。四歳の時、両親の不和により生母と生き別れるという終生癒《いや》しがたい不幸を経験している。

八雲は幼年・少年期をギリシア、イギリス、アイルランド、フランスなどを転々とするが、親の愛と加護なき生活は、彼をしばしば深い孤独に陥れた。そのさびしさや恐怖心から、幽霊につきまとわれたり、顔のないお化け＝のっぺらぼうの幻影におびえたりしたのも、その頃である。

その体験は、八雲の自伝的作品の「夢魔の感触」と「私の守護天使」(拙訳『日本の怪談Ⅱ』収録)の中で詳しく語られている。その頃すでに晩年の『怪談』を書く素地が、出来上がっていたのである。

一八六九年(明治二)、十九歳の時に単身アメリカのシンシナティに渡る。遺産をだまし取られ、食いつめてのアメリカ行であった。そこでは、生活のためにありとあらゆる職種(行商、電報配達人、ビラ配り、コピーライター、校正係など)に就く。また、さまざまなアメリカ社会の辛酸をなめ尽くした末に、ようやくジャーナリズムの世界に活路を見出《みいだ》す。

のちシンシナティ、ニューオーリンズなどで十六年に及ぶ新聞記者生活を経験することになる。そして、新聞記者及び作家としての名声も、徐々に高まりはじめる。

しかし、一八九〇年(明治二十三)、八雲は突如としてハーパー社の通信記者として、日本に赴く。八雲三十九歳の時である。

彼の日本に対する並々ならぬ関心は、すでに二十九歳あたりから芽生えていたから、八雲の来日には、けっして気まぐれではない、何か運命的なものさえ感じられた。そして以後、一九〇四年、五十四歳で東京で亡くなるまで日本を離れることはなかった。

そこで八雲の生涯は、大まかにいって、三つの時代に区分出来ることが分かる。

第一期は十九歳までのヨーロッパ時代（ギリシア、アイルランド、ウェールズ、イギリス、フランス、一八五〇―六九）。

第二期は十九歳から三十九歳までのアメリカ時代（シンシナティ、ニューオーリンズ、一八六九―八七、八九―九〇）と西インド諸島・マルティニーク島時代（一八八七―八九）。

第三期は三十九歳から五十四歳で亡くなるまでの日本時代（一八九〇―一九〇四）。

さらに八雲の日本時代を細かく見ていけば、五つの時期に分れる。

東京・横浜時代（一八九〇・四―八月。五ヵ月）。

松江時代（一八九〇・八―九一・十一月。一年三ヵ月）。

熊本時代（一八九一・十一―九四・十月。三年）。

小泉八雲の肖像（1889年）
とサイン（書簡より）

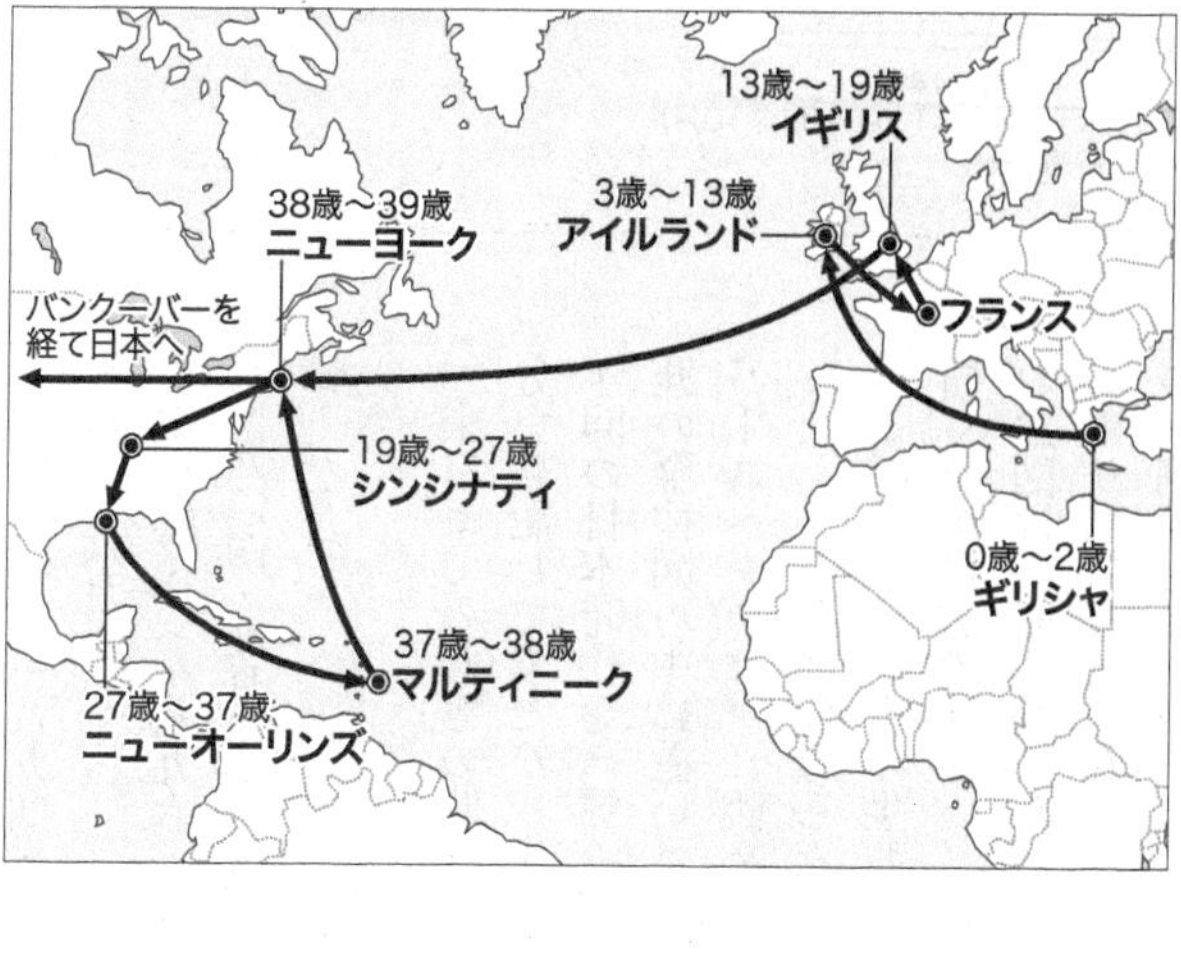

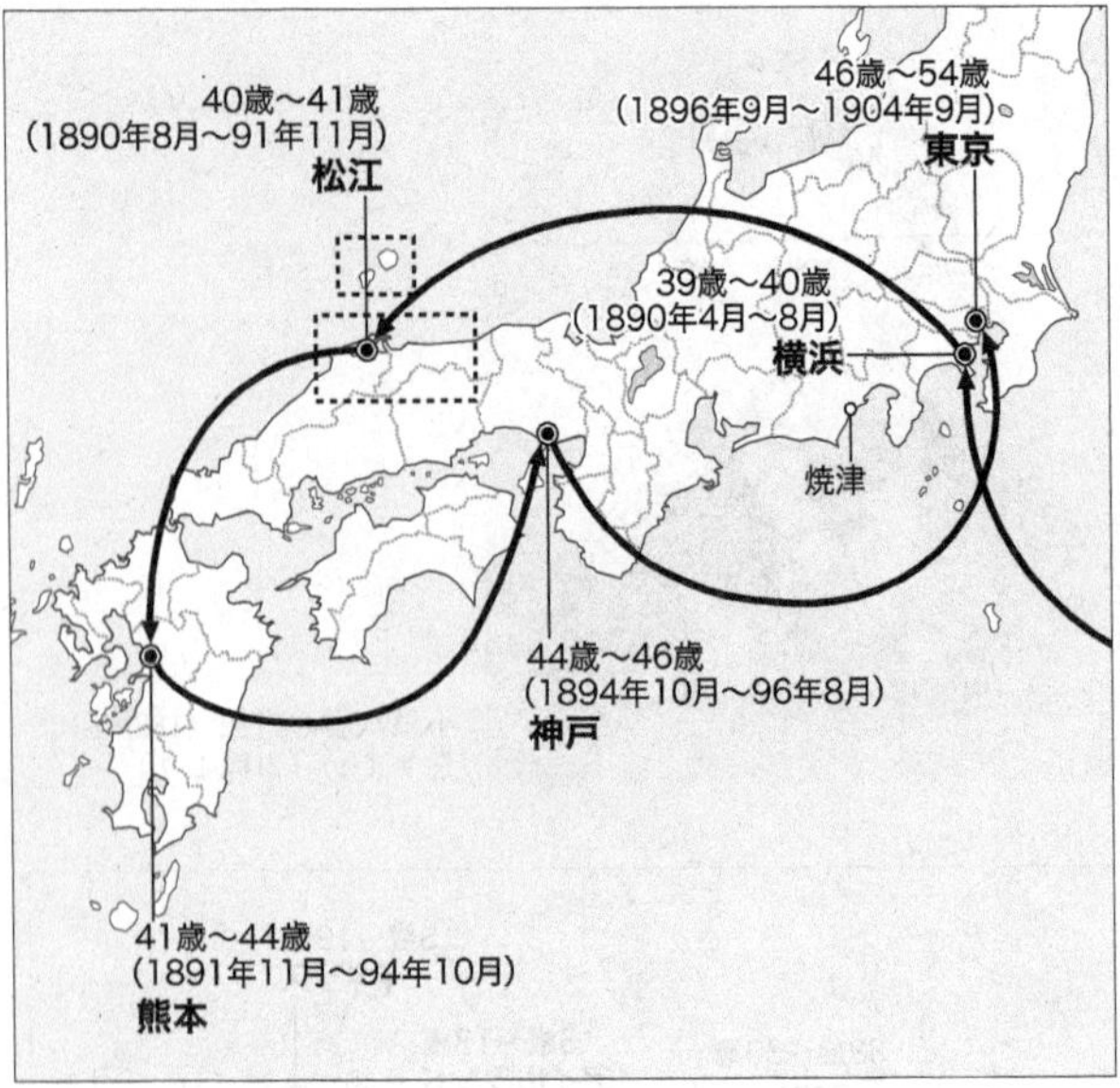

神戸時代（一八九四・十—九六・八月。二年）。

東京時代（一八九六・九—一九〇四・九月二十六日死去。八年）。

来日までの八雲の時代区分を略記してみたが、十四年間の日本時代を八雲の生涯の全体図の中に置いて、パースペクティブに眺めておきたいからに他ならない。

この小文は八雲の生涯を描くのが目的ではない。私の意図は、断片的に八雲のあまり知られていない性格の一側面をスケッチしてみ

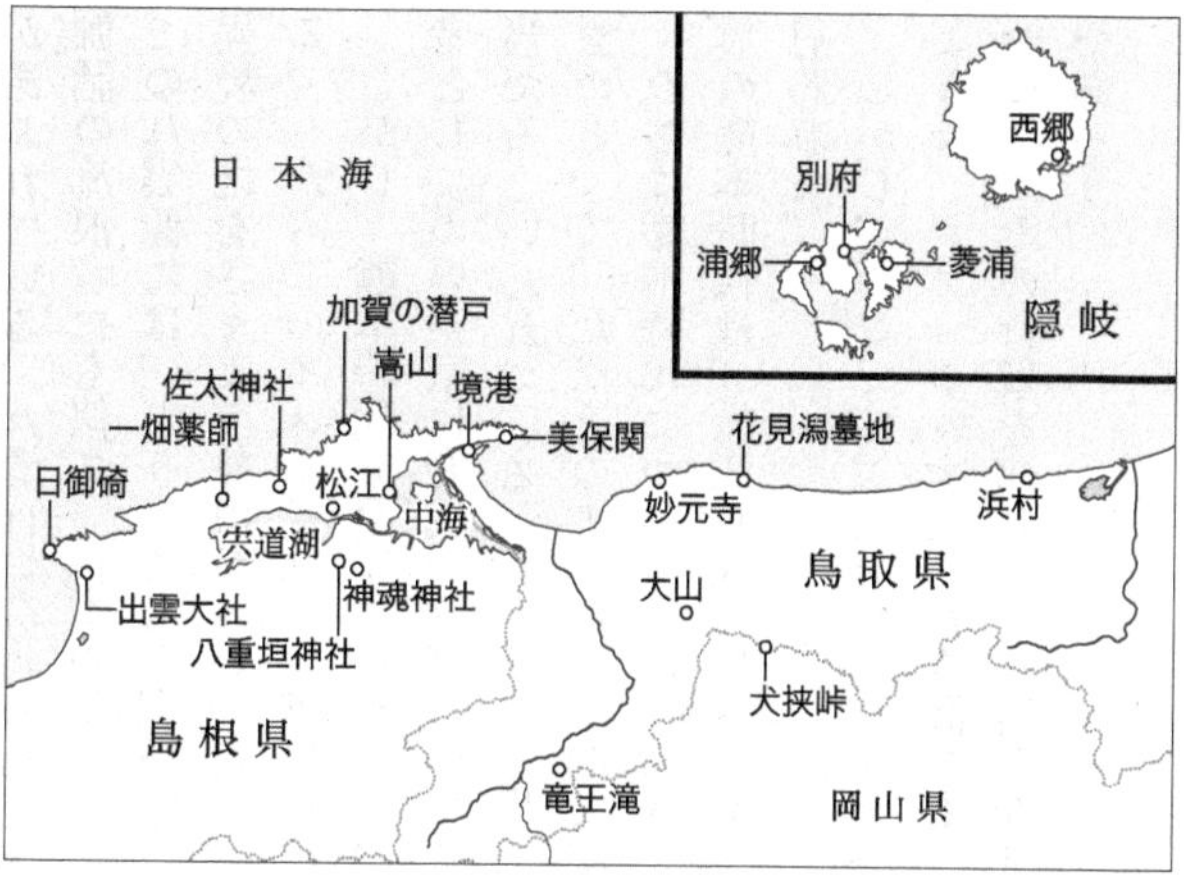

ようということにある。

つまり、八雲は何に傷つきやすく、生涯何を恐れていたのか。そしてこのことは、彼の作品とどう結びついていたのか。また彼の作品には、一貫した方法と主題があったのかどうか。

たとえば、古典的な八雲評伝の一つに田《た》部《なべ》隆次《りゅうじ》の『小泉八雲』（北星堂）があるが、そこに描かれている八雲像は、いくぶんか神格化された八雲といってよい。ここでは、私の粗描を通して、一味違った、生身の八雲像が浮かび上がってくれば、幸いである。

日本時代の初めての著作、『日本の面影』（拙訳では『新編 日本の面影』）には、異国日本で暮らす「不思議さと楽しさ」

があふれている。八雲は自分自身のことを「〈妖精《ようせい》の仙境〉を向う見ずにも訪れたお伽《とぎ》話の流浪者にも似て、日本の幻に永遠にとりつかれている」と書いている。これまでの八雲像には、どうしても異国情緒《エキゾティシズム》の礼賛者、幻影の中に絶対美をまさぐる幻視者、異境の地をさまよう放浪者といったイメージが、終始つきまとっていたように思われる。しかもこのイメージは、八雲自身がつくり出した自己イメージでもあった。

しかし、熊本時代に至って八雲は、異国情緒を愛《め》でる一介の旅行作者《ルポライター》から生活観察者としての思索家に変貌《へんぼう》を遂げるのである。熊本時代は、俗に「日本幻滅」の時期に当たるといわれている。しかし、『東の国から』や『心』を読むかぎり、果たして八雲にとって、ただそのような否定的で陰うつな時代であったかどうかは疑問である。のちに熊本時代について、松江時代と対比させながら詳しく触れるつもりだが、八雲の熊本時代は、松江時代と比べてもまさるとも劣らぬほど意義深い時代であったと思われる。

しかし、ここでは、八雲がアメリカ時代と初期の日本時代を通じて、おおむねどのようなプロフィールをもった人間であったのかについて、述べてみることにとどめておこう。その背景を知れば、八雲がなぜ日本にやって来たかの、多少の説明ともなるであろう。

八雲が描く〈自画像〉

八雲がアメリカ時代においてフランスの大詩人シャルル・ボードレール（一八二一―六七）の散文詩を訳していたことは、意外と知られていない。晩年の東京帝国大学での講義「散文芸術論」（『文学の解釈』Ⅱ収録、恒文社）で、八雲はボードレールについて語ったことがあった。

しかし若き日に八雲が、このボードレールの四篇の散文詩を自分のいかんともしがたい〈宿命〉にことよせて翻訳していたという事実は、ほとんど知られていない。これは、いかにも世紀末風のロマン主義文学者八雲の面影を伝えるエピソードであろう。

この「ボードレールの断篇」と題された寄稿文は、一八八三年十二月三十一日付の『タイムズ・デモクラット』紙に匿名で発表されたものである。それが、八雲のボードレールに倣って書かれたと思われる散文詩集『きまぐれ草』（一九一四）との比較から、八雲の訳業に間違いないと論証されたのは、ヴァンダービルト大学名誉教授で、世界的なボードレール研究家の故ウィリアム・バンディー氏である。

バンディー教授は、アメリカのテューレーン大学の図書館で、ニューオーリンズの新聞ファイルを閲覧していた折に、偶然、八雲が書いたと推定されるボードレールの「女の髪の中の半球」「時計」「愚者と美神」それに「異邦人」の翻訳記事を見つけたという。

八雲がボードレールの詩を訳すに当たって、『パリの憂愁』（一八六九）からこの四篇を選んだのはゆえなしとしないであろう。「女の髪の中の半球」からは、ボードレールと八雲が、共にかつて黒人女性と暮らし、異国情緒《エキゾティシズム》の象徴にして媚薬《びやく》たる女の黒髪の香りから、官能の失われた記憶、そのノスタルジアを感じ取っていた様子がうかがえる。

ボードレールを借りて、八雲は明らかに自己を語ろうとしているのである。とくに八雲にとっては、その黒髪のイメージは、女性の官能の甘い香りであるのみならず、幼い日に生き別れたギリシア人の母の黒髪と重なるものでもあった。

二番目の散文詩「時計」は、猫の瞳《ひとみ》の中に永遠の時を見つめる世紀末の芸術家精神のありようを歌っている。三番目の「愚者と美神」は、しょせんかなわぬ美神＝芸術に恋し、それに身を委《ゆだ》ねる愚者＝芸術家というテーマを扱っている。またこれは、〈永遠なる女性〉の幻影を追い求めようとする道化＝芸術家八雲の姿と、私たちの眼には映る。

読者は、美神＝芸術に身を捧《ささ》げ尽くすという八雲の文学的テーマは、日本時代の「草雲雀《くさひばり》」（拙訳『日本の怪談 II』収録）という美しくも痛ましい作品にも受け継がれていることに気がつくであろう。

これらボードレールの四篇の散文詩は、八雲の審美観に強く訴えかけた生涯の主題と重なってくる。とりわけ最後の「異邦人」は、あたかも八雲が自分自身で書いたかのように、ほとんど自伝的内容を伝えているように思われる。そしてさらに、八雲の人生と性格とを多少なりとも知っている読者なら、この対話形式の散文詩から、彼の天涯孤独の境地を、認めることにやぶさかではなかろう。そのボードレールの「異邦人」の、八雲の手になる英訳からの拙訳を掲げてみよう。

謎の男よ、言ってみよ。おまえは、誰を最も愛するのか。
おまえの父か、母か、妹か、それとも弟か。
俺には父も、母も、妹も、弟もいない。
では、おまえの友人たちか。
おまえは、俺が今日の今日まで聞いたこともない言葉を言った。
おまえの国か。
俺は、それがどこにあるのかさえ知らない。
美女か。
もし、そいつが不死の女神であったら、喜んで愛しもしようが。
金《きん》か。

ちょうどおまえが神を憎むように、俺もそいつが大嫌いだ。
ならば、我々に言ってみよ。まったくもって不可解なる見知らぬ人よ。
いったいおまえは、何を愛するのか。
俺は雲を愛する。
あの流れゆく雲を。
あの天空の雲を……あのすばらしい雲を。

八雲文学の萌芽

この一篇の散文詩「異邦人」ほど、異端の、つまりキリスト教文化圏外の〈美〉をまさぐる、放浪者・幻視者としての八雲の〈自画像〉を、巧妙に歌った詩を、私は他に知らない。この詩において、ボードレールと八雲は一つに重なってしまう。いやむしろ、八雲はボードレールに自己同一化しているといった方が適切であろうか。

この詩は八雲の天性の放浪癖を彷彿《ほうふつ》とさせるし、彼の運命そのものの帰趨《きすう》を描いているようにも読める。そして、八雲によって訳出された四篇の散文詩は、見事なまでにのちの彼の文学のライト・モチーフを彷彿とさせるといっても過言ではあるまい。したがって、八雲の日本行きも、けっして思いつきではない、ボードレールの「女の髪の中の半球」への誘《いざな》いの旅であったにちがいない。ボードレールの「女の髪の中の半球」という詩は、八雲の黒髪のギリシア人の母を想起させるし、まだ見ぬ母性の国・日本をも暗示しているかのように読める。ただし、その母なる半球である日本が、ユートピアとしてのみ夢想されていたことから、のちに触れる八雲の熊本時代の苦難が予想されないことはないけれど——。


お前の髪は、帆と帆柱との立ちならぶ一つの夢をあますことなく包んでいる。

お前の髪は、果しない大海を包んでいる。

季節風はうるわしい風土へと僕を運び、大空は更に蒼《あお》く、大気は果実と、葉群と、人肌とに匂っていよう。（福永武彦訳）

すでに気がつかれた読者もあろうかと思うが、ボードレールの翻訳にしろ、一連の『怪談』『奇談』などの再話ものにしろ、何か別に典拠《オリジナル》があって、それに自分をアイデンティファイさせ、自己を間接的に語ろうとするのが、八雲文学の方法であった。そういう意味で、図らずもボードレールの訳詩に、おのれを仮託するという方法は、いってみれば、以後の八雲文学の基本的なあり方の根源を示しているといってもよかろう。

アメリカへの絶縁状

ボードレールが歌ったように、異国情緒という美神につかえる「不可解なる見知らぬ人」、異邦人八雲は、一八九〇年四月四日、挿絵画家ウェルドンをともなって、ハーパー社の通信記者として運命の日本、横浜に到着する。その時の様子は「横浜上陸」で触れるつもりだが、ハーパー社宛に送った有名な紀行文「日本への冬の旅」(『アメリカ雑録』収録)に幻視的な美文で描かれている。しかし、この通信文を最後に八雲は、六月上旬、この出版社と絶縁してしまう。

ハーパー社側の無理難題の条件を呑《の》んでまでして、八雲は極東・日本にやってきたのであったが、この通信記者の仕事が八雲側にまったく報われない契約で成り立っていることが、ウェルドンの報酬との格差で発覚したのである。

こういう事態が一度起こると、幼い頃から不幸をなめ尽くしてきたせいであろうか、八雲は、思いつめ、極度の被害妄想を抱くのであった。こういう感情の激発は、彼の人生の節目節目に起こっており、これが彼を放浪に――(日本では家庭をもったけれど、松江、熊本、神戸、それから東京と移り住んだ)――そして創作へと駆り立てていた要因とも考えられる。

これも先のウィリアム・バンディー教授の紹介で初めて知ることが出来たのだが、その時の八雲のハーパー社への絶縁状が見つかっている。のちに紹介する「日本への冬の旅」という北米と日本を一つにつなぐ、この上なく美しい名篇の生まれてくる背景に、このような八雲の憤怒《ふんぬ》が隠されていたことを想うと、さまざまな感慨が湧いてくるのである。

しかも、この八雲の絶縁状が、アメリカの功利的な一出版社への訣別《けっべつ》だけではなく、アメリカへの永遠の訣別の辞となったのは、何とも皮肉で宿命的な感じを覚える。八雲は一八九〇年（明治二十三）に来日し一九〇四年（明治三十七）に亡くなるまでの十四年間、日本を出ることはなかったからである。次にその絶縁状を拙訳で紹介する。

1890年横浜上陸時。ウェルドン画「八雲の後ろ姿」(E.L.Tinker, *Lafcadio Hearn's American Days*)

アメリカ合衆国とメキシコじゅうの有り金全部を叩《はた》いても、おまえのような極悪非道の、低級な、汚らわしいゴッディーズ・レディズ・ブック・マガジンに一行すら寄稿しようとは金輪際《こんりんざい》思わぬある一人の人物――その名は、この手紙の最後に書いてある――がいることも忘れるな。

この卑しい男色漢、女々しい水呑み百姓、こんちきしょう《サナヴァビッチ》め！

激情家八雲

なかなか激しい調子の手紙であるので、私も公開を控えた方がよいかと思ったのだが、こうした八雲の激情家ぶりにも触れた方が彼を知る上でよいのではないかと判断した。日本時代の、なかでも晩年の作品『怪談』や瞑想《めいそう》的な焼津を舞台にした作品などから想像される、静謐《せいひつ》さにたたえられた八雲像を連想しがちな八雲愛読者には、意外の感を抱かれるのではなかろうか。

たとえば、松江時代の「英語教師の日記より」に描かれた学生思いの教師像。焼津から、ヘルン言葉といわれる片言の日本語で妻節《せつ》に書いた手紙からうかがわれる八雲の愛妻家ぶり。また八雲という人物を語ってもっとも感動的と思われる妻節の『思い出の記』という口述筆記が残されているが、そこに描き込まれた温厚な人柄など――。田部隆次の評伝以後、八雲像はだいぶ神格化されてきたといえよう。たとえば、八雲没後二十二年目の一九二六年（大正十五）に『小泉八雲全集』が第一書房から出版された。そのときは、ほぼ教え子の弟子筋が編纂《へんさん》と翻訳に当たっているが、翻訳上のさまざまな欠点というか、限界が見えてくる。なんといっても、西洋文化に対する理解度は、いまと比べると問題にならないほど浅い。しかも、もう一つの大きな限界は、自分たちの先生なのであがめ奉り、神格化している感が否めない。

話題をもどそう。実際のところ、八雲はなかなかの激情家であった。芸術家にありがちな、心理学でいうところの〈攻撃性〉、〈易怒性〉、〈被害妄想〉的な面が多分にあったようだ。しかも、この八雲の感情の起伏の激しさや直情径行は、文明批評家としての鋭い直観力や先見性とに大いに関係していると考えられる。こうした八雲の感情の起伏の激しさについて、もう少し触れてみよう。それは、熊本時代にもたびたび起こったが、たとえば、最晩年のそれは、最も深刻なものであった。

一九〇三年（明治三十六）一月十五日付で、当時の東京帝国大学の文科大学長井上哲次郎の名で、突如、八雲を解職する旨の通告が舞い込むという事件が起こった。

その文面は「明治三十六年三月三十一日限りで終る約定《エンゲージメント》をつづける事は、目下の事情不可能《イムポッシブル》なる事を遺憾ながらあらかじめ通知し置く事の必要」という三行半《みくだりはん》のふい打ちであった。それは、七年も勤続した一外国人教師を、一片の通知で首を切ろうとする大学側の非礼、忘恩的仕打ちと、八雲には思われた。

八雲のいい方を用いれば、まったく身に覚えのない国家的陰謀と思われたのは、無理からぬ話である。彼はすぐに、アメリカにいる生涯の友人エリザベス・ビスランドにこの怒りをぶちまけている。

私は日本政府からのひどい仕打ちに遭《あ》って——新聞雑誌の方からの、またずっとこの方、私の味方でもあった、私の学生たちからの抗議にもかかわらず——奸《かん》策《さく》によって職を失わなければならぬはめに陥りました。

かてて加えて、私は病いを得てしまいました。この数ケ月間、患っていたのです。三週間ばかり前に血管が破裂しまして、談話を禁じられています。

日本に関したどんな題目についても、もう一行たりとも書こうとは思いません。私の労作《ろうさく》は、すべて私に執心深い敵をつくるに終始しただけのことでありますから（一九〇三年一月日付なし）。

八雲は、自分が解職された原因を日本政府のみに帰そうとはせず、外国人宣教師たちによる迫害、陰謀ではないかと考えた。これは、いかにもキリスト教嫌いの八雲らしい痛ましい被害妄想である。そして結局、八雲は、この一件が遠因となって命を縮めることになったのではなかろうか。翌年の一九〇四年九月二十六日に、八雲は狭心症の発作で、不帰の客となるのである。

とはいえ、一般には、最晩年の八雲の精神世界は、意外なほど清朗であったとも伝えられている。東京帝大解雇事件から一年後の一九〇四年三月（当時の新学期は三月であった）より、早稲田大学文学部に出講しはじめたのである。八雲は、日本服の教師が多いといって喜び、再び松江に帰ったような気分に浸ることが出来たという。それによって、これまでの心の傷が、幾分か癒されたようでもある。

しかし、ハーパー社との一件と同様、この政府の裏切り行為に対する彼の内なる義憤の炎は、終生消えることはなかったようで、この解雇事件はむしろ身を削るほどの執筆へと八雲を駆り立てていったと推測出来る。彼の日本研究の総決算『神国日本』は、こうして出来上がった遺著であった。八雲はこの本の完成を見ることなく、亡くなった。

八雲の恐れたもの

天涯孤独で育った八雲にとって、人の裏切りと謀《はかりごと》ほど、彼を恐れさせ、過敏にしたものはなかった。また相手側に彼を陥れる意図がない場合でも、八雲には被害者意識や猜疑《さいぎ》心が気の毒なほど強かったともいえる。バシール・ホール・チェンバレン（一八五〇―一九三五）との友情が壊れた時も、多分に八雲側の誤解と彼の性格とが災いしている面があったのではなかろうか。西洋人一般にとって、バランス感覚に富むイギリス紳士であるチェンバレンと比して、八雲が異端的で理解しがたい人物と思われるのは、こういう点を指しているのであろう。

ともかく、八雲が一番恐れていたもの、人の裏切り、陰謀によって、アメリカを見限り、長期の日本滞在を余儀なくされ、またある意味で、生涯で最良の職場（東京帝大講師の職）をも奪われたのである。この二つの出来事は、イギリス、ダラム市近郊のウショー校（聖カスバート校）での受難（左眼の失明と厳格なカトリック教育）と並んで、八雲の人生を象徴する事件＝受難であったように思われる。

思えば、『怪談』の「雪女」や、『心』の「君子」、「ハル」などもそうであったように、人間の、それも男性の女性に対する裏切りをテーマにした作品が多いことに気づく。そういう意味で、彼の作品は、おおむね典拠となるオリジナル（再話ものであれ、翻訳・翻案ものであれ）の枠組みを借りて、きわめてひそやかに、そうした自己の来歴の不幸と心理的外傷《トラウマ》を吐露しているように思われる。

八雲の文学は、逆説めくが、人間の存在そのものの不幸と心理的外傷を肥沃《ひよく》な土壌として有しているといってもよかろう。したがって、彼の再話文学の世界（『怪談』『骨董《こっとう》』など）は、グリム兄弟やアンデルセンなどのメルヘンの世界とは異なり、ハッピー・エンドで終わる話はきわめて少ない。しかしながら、八雲文学には、他の再話文学では味わえぬ雅趣と不思議な精神的カタルシスがあることも事実である。

また再話作品の主人公には、男性であれば、彼の分身＝自画像（「耳無し芳一《ほういち》」）が、女性であれば、黒い瞳のギリシア人の母の面影（「泉の乙女」「雪女」）が投影されているケースが多いように思われる。このように内面の告白めいた自伝的作品として読めるのも、八雲の再話文学の特徴の一つと考えられる。

さて、先ほどの「裏切り」と「陰謀」についてさらに触れてみると、『怪談』の中に「はかりごと」あるいは「かけひき」という訳題の付いた非常に気になる作品がある。この小品はどういうわけか論じられることが余りないのだが、おそらく、八雲の内なる葛藤《かっとう》を暗示させる作品なのではなかろうか。私にはこの作品は、きわめて八雲的な人生のドラマの一局面を開示しているように思われるのである。

原題はDIPLOMACYといい、テーマは、「合理的思考」reasonと、歪曲《わいきょく》された「因果応報の観念」karmaとの対決、つまり両者の〈かけひき〉を描いていると考えられる。そして八雲は、蒙昧《もうまい》なものや人間の弱さを利用した「因果応報」の考え方を退け、理に徹することの正しさとその信念に軍配を上げているのである。

つまり、科学的推理に裏打ちされぬkarmaの考え方を退けているのである。さらに八雲のトラウマに関連づけていえば、この「はかりごと」とも「かけひき」とも訳されている DIPLOMACY という言葉は、八雲が生涯恐れたものを象徴していた言葉と思われる。

生身の、傷つきやすい八雲にしてみれば、当然この「かけひき」という作品に、彼がしばしばはまり込んだ人の世の「謀《はかりごと》」DIPLOMACY への警告をこめたい気持ちが働いたことであろう。それに関連して、長男一雄の著した『父小泉八雲』(小山書店、一九五〇)には、それを裏付ける、はなはだ興味深いエピソードが載っているので、紹介してみよう。人間の裏切りや陰謀が、いかに八雲の生涯を支配した妄想《オブセッション》となっていたかがうかがわれる一節である。

父はよく陰謀という言葉を使った。そして憤慨した。是《これ》が毎度の事なので、子供の私も言葉の意味が解らずに聞き覚えてしまった。そして何か癪《しゃく》に障《さわ》る事があると『陰謀だ!』と怒鳴った。

母が其様《そのよう》なことを子供のくせに云ってはいけないとたしなめた。父はイヤ覚えて置く方がよいと云った。母は、だって是《これ》は子供の使う言葉でない、第一生意気《なまいき》でいけないとの常識論をとなえた。

それでも父は、意味も判らず只《ただ》口にするのは感心出来ぬが、陰謀は世間至る処にあるから、陰謀とは如何なるものかをよく識《し》っておくがよいと主張した。(傍

点引用者）

ここで八雲は家族に「陰謀」という日本語を用いているが、それはとりもなおさず俗世間でいうDIPLOMACYのことに他ならない。八雲が生涯何に傷つきやすく、何を恐れていたかが、長男一雄の口を通して語られているといえよう。

永遠の日本——歌と批評と

八雲のこの「陰謀は世間至る処にある」という言葉から、彼の猜疑心の強さ、好悪の激しさ、あるいは一徹ぶりが理解できる。そうであれば、彼の日本との蜜月《みつげつ》時代は、十四年間のうち、到着した当初に取材に当たった横浜・鎌倉での五ヵ月間と、その後の松江での一年三ヵ月間に限られ、意外とわずかな期間であった理由の一端も分かるような気がする。

とりわけ松江時代は、八雲は日本の何もかもが気に入っていたようだ。「八雲＝チェンバレン往復書簡」「西田千太郎あて書簡」（『ラフカディオ・ハーン著作集』第十四巻所収、恒文社）を見ると、八雲は松江から東京にいるチェンバレンに宛てて、次のように書いている。

「西洋文明から逃れて、日本の生活のなかに入ることは、十気圧の圧力を逃れて完全に平常の環境のなかに入るようなものです」（一八九一年五月二十二日付）。

この手紙の一節は、なかなか意味深長なものを含んでいるといえよう。明らかに八雲は、日本を一つのユートピアに見立てていたのだ。熊本時代の意味については、後に触れることになるが、そのユートピアの幻影《ヴィジョン》が無残にも打ち砕かれたのが、来日三年を閲《けみ》した熊本在住時代であった。

それは、一言でいってしまえば、八雲が軍国主義や国家主義が台頭してきた現実の日本、西洋列強に伍《ご》するために近代化を急ぐ、新日本の移りゆく現実の姿を目の当たりにしたことから起こったのである。彼が目を覆っていた日本の現実を直視したからである。

それまでの八雲は、いわばロマン派的な詩人の魂で、あるいは幻視者の眼差《まなざ》しで、旧《ふる》き佳《よ》き日本の姿を描けば満足であったわけである。しかし、熊本ではそうはいかなくなった。彼の愛惜してやまぬ「旧日本」Old Japan の世界の中に、軍都熊本における、装いも新たな近代国家日本、「新日本」の荒々しい胎動の響きが、聞こえはじめていたのである。

この現実を目の当たりにして、一八九三年と一八九四年（明治二十六、二十七）の二年間は、八雲の日本認識が大きく変貌をみせ、深まりをみせる時期である。その意味で、八雲にとってきわめて意義深い試練の歳月であったといってよい。つまり、松江と比べて、古風な文化の残っていない「殺風景な熊本」を嫌いながらも、日本文化への接し方と洞察に著しい深化が見て取れるからである。

これまでの八雲論は、熊本時代の八雲の眼差しの変容ぶりをあまり評価していないように思う。八雲の熊本時代のさらなる検討が、八雲の全体像を見誤らないためにも、重要な意味をもってくると思われる。八雲は、こうした心境の変化を東京にいるチェンバレンにあてて次のように書き送っている。

幻想は、永遠に消えました。しかし、多くの楽しかりし記憶は残っています。一年前に比べれば、日本人について、わたくしははるかに多くのことを知っています。しかもなお、かれらを十分に理解したなどとはとても言えないのです。わたくし自身の妻でさえ、つねに愛らしい気もちを抱くものの、まだわたくしにはどこか神秘めいているのです。（一八九三年一月十七日付、熊本）

しかしまた、ほぼ同時期に、もう一人の友人、松江中学教頭の西田千太郎にまことに八雲らしい感傷的な手紙を書き送っている。そこにも、八雲の直情的で傷つきやすい心が読み取れる。

悲しいかな！　私はすぐにも解雇されやすく、特別の理由もなく、日本の同僚教師たちから理解しがたい憎悪の念を抱かれている、一介の貧しい外人教師にすぎません。

私は契約が終りましたら、五月七日までに熊本から出ていくつもりでおります。

（一八九三年二月八日付）

この二通の手紙は、八雲の熊本からの異動への欲求と猜疑心とが頭をもたげはじめた痛ましい文面といえる。のちに詳しく触れるが、彼の熊本における教員生活は、同僚との感情的しこりがもとで不安と疑心暗鬼に身を苛《さいな》まれていた時期に当たっている。

だが、八雲は西田にこう訴えつつも、ユートピア日本という夢から醒《さ》めた彼に、日本研究をもう一度本格的に取り組みなおす姿勢が徐々に生まれつつあったことも事実である。

しかし彼が日本研究者として生まれ変わるには、もう一人の偉大なるジャパノロジスト、八雲ときわだった対照的思考の持ち主、イギリス的な実際的精神の具現者たるB・H・チェンバレンの胸を借りなければならなかった。とりわけ「ハーン＝チェンバレン往復書簡」における熊本時代の八雲の手紙は、八雲の内なる「旧日本」と「新日本」との対立と、その双方への認識の深まりとが、克明に記録されている。

アメリカ人政治学者のダグラス・ラミスは、「八雲が次第に自分の空想をかきたてるのに日本を利用できなくなったことが、後に彼が幻滅した原因だったのだろうか。これが幻滅の意味するところではないか」と『内なる外国』で述べていたが、たしかにそのとおりであろう。しかし、私にいわせれば、この幻滅ゆえに、つまり、初めは母の国ギリシアとの類推《アナロジー》から、日本を一つのユートピアと見立てていたが、その視点では近代日本を分析しきれないことが分かったのである。それから、八雲は日本理解者として大きく飛躍してゆくのである。

しかしながら、後年（一八九六年）、東京に移り住んだとはいえ、八雲の旧き佳き日本、〈永遠の日本〉像は、彼の脳裡《のうり》から片時も消え去ることはなかった。むしろ、この理想世界は、現実に裏切られれば裏切られるほど、最晩年の『怪談』の「蓬萊《ほうらい》」や、『日本雑録』の「菊花の約《ちぎり》」（「守られた約束」）といった作品群に結晶していったと思われる。

たとえば、『怪談』の最後をしめくくる「蓬萊」という、八雲のユートピアを謳《うた》い上げた作品は、いわば彼の「旧日本」に対する挽歌《ばんか》であり、「新日本」への批判と日本の西洋化に対する危惧《きぐ》とを含んでいると思われる。

八雲の痛み多く夢見がちな、波瀾《はらん》に富んだ人生の旅も、ようやく終わりを告げようとしていたのである。最後に「蓬萊」の終わりの部分を拙訳で読み、時折、憤怒《ふんぬ》にまみれた、知られざる八雲の激情家としての面影を偲《しの》ぶことにしよう。

蓬萊では、悪を知らないため、人々の心は決して老いることはない。そして、心がいつまでも若々しいため、蓬萊の人々は、生まれてから死ぬまで微笑みを絶やすことはない。

ただ、神々が悲しみをもたらした時だけ、顔をおおい隠して、悲しみが去るのを待つのである。

蓬萊の人々は、まるでひとつの家族のように睦《むつ》まじく、信じ合って暮している。女たちの話し方はまるで小鳥の囀《さえず》りのようである。なぜなら、心が鳥の魂のように軽やかだから。野に遊ぶ乙女の袂《たもと》の揺れる様子は、大きく柔らかな翼の羽ばたきのようである。

蓬萊では、悲しみのほかには何ひとつ隠すものはない。なぜなら、恥ずべきものは何もないから。盗人などいようはずがないから、何ものにも錠がかけられることはない。

恐れるものは何もないから、夜でも、昼と変わることなく、どの扉にも閂《かんぬき》が下ろされることはない。

そして、命に限りがあるとはいえ、蓬萊の住人はみな妖精だから、龍宮城を除いたすべてのものが、とても小さく、風変わりで、趣がある。蓬萊の妖精たちは本当に、小さなちいさな椀《わん》から飯を食べ、小さなちいさな盃《さかずき》から酒を飲む。……

このように感じられるのは、おそらくはあの蓬萊の精気を吸ったためなのだ。しかし、そればかりではない。なぜなら、死者によってかけられた呪文《じゅもん》は、理想郷への憧《あこが》れを、古《いにしえ》からの希望を、叶えるための魔力にほかならないからである。

そして、その希望のいくばくかは、多くの人々の心に生きている。我欲を持たぬ美しく素直な心のうちに、そして女性の優しさのうちに、現れているのだ。……

西方から、邪悪の風が蓬萊に吹きわたり、あの不思議な精気は、ああ、悲しいことに、風の前にかき消されてゆく。そして、今や、あの精気は散りぢりになって漂うばかり。

しかし、その精気は長くたなびく明るい雲のかたまりとなって、日本画家の山水画にその痕跡をとどめている。そして、切れぎれになった、妖精のような群雲のもとにだけ、あの蓬萊を視《み》ることができるであろう。

しかし、蓬萊はほかのどこにも存在しない。……蓬萊は、蜃気楼《しんきろう》とも呼ばれ、手に触れることのできない幻であるということを、思い出していただきたい。今や、その幻は消えゆき、絵と詩と夢の中のほかには、二度と姿を現わすことはないであろう。

おそらく「蓬萊」という絶唱は、熊本時代の挫折《ざせつ》感や苦悩、あるいは彼の激しやすく傷つきやすい心と魂なくしては、生まれてこなかった美しい散文詩といってよかろう。この絶唱は、「言葉」による一幅の絵巻である。

ワードペインター（言葉の画家）である八雲は、「言葉絵巻」であるこの作品の中で、たしかに日本の来るべき西洋化とともに失われてゆく日本を嘆いてはいる。しかし、私は、この蓬萊の世界の底に湛《たた》えられた不思議な静謐さの中には、八雲文学の最も良き美質である歌と批評との融合、その芸術的な昇華の跡が読み取れると思うのである。

八雲は西洋化の波に洗われるであろう日本と日本人を危惧しながらも、日本の将来のヴィジョンについて、

> 自然は過ちを犯さない、生き残る最適者は自然と最高に共存できて、わずかなものにも満足できるものです。宇宙の法則とはこのようなものです。

とも書き遺《のこ》している。八雲が説いた自然や超自然との共生、善良、素朴なものへの愛、質素、節約といった日本人の美徳を、私たちはいま一度見つめ直さなくてはならない時期に至っている。私たち日本人は八雲のいうように「生き残る最適者」に、今後なりえるのだろうか。

国家や宗教間の紛争、テロなど、憎しみが絶えない現代において、私たち一人ひとりが、八雲の宇宙感覚《コズミックセンス》に学びながら、国家や民族の違いを超えて認め合う、〝共生〟の世界観を創り出していくことが求められていると思われる。

2　日本という永遠のヴィジョン

横浜上陸

小泉八雲が、バンクーバーを出港してからはるばる十七日目に横浜港に着いたのは、一八九〇年（明治二十三）の四月四日のことであった。

ニューヨークを発《た》ったのは、三月八日であったから、北米大陸横断と北太平洋横断の陸と海の旅とが一つにつながった一ヵ月余りの長旅であった。

船旅はうっとうしい悪天候が続き、八雲の旅の心も沈みがちであったという。

ところが、彼の乗った汽船アビシニア号が横浜港に入った時、空は晴れあがり、富士山が遠くに白い霊峰をみせ、無数の鷗《かもめ》が船のまわりを、飛び交っていた。

節夫人の回想、『思い出の記』によれば、八雲は「横浜へ着くと、鯉《こい》の吹き流しが晴れた空に泳いでいた。それがうれしくて堪《たま》らなくなり、思わず大きな声で笑った」という。

八雲は長いこと憧《あこが》れていた、まさに日本晴れの、桜がほころびはじめた日本の春を

八雲が愛用した遠眼鏡と帽子

目の当たりにしたのである。またその時、日本の春ののどかさに感激した彼は、この国で骨をうずめたい、と洩《も》らしたとも伝えられている。

この長かった船旅から、紀行作家として面目躍如たる「日本への冬の旅」（『アメリカ雑録』収録）という名品が生まれている。八雲はその中で初めて見る日本の印象を、また幻影と見まがうほどに美しい富士の山容を、象徴的にこう活写している。

……沖合一マイルの地点に投錨し、改めて港の光景を眺めると、その美しさは想像を絶するものがある。光の柔らかさといい、遠方まで澄み切った感じといい、すべてを浸している青味がかった色調のこまやかさといい――ここに立ち現れた魅力は全く新しく、名状し難いものであった。すべてが澄明だが、強烈なものは何もない――すべてが心地よく、見慣れぬものではあるが、強引なものは何もない。これは夢の持つ鮮かさ、柔らかさというものだ！　そしてこの夢の感じをいっそう高めているのは、市街の上、そのかなたの青い火山脈の上に輝き続ける白峯の不思議に夢幻的な美しさだ。（仙北谷晃一訳）

この美文体の息づかいからもうかがい知れるように、八雲は横浜に上陸した時、まさに「日本」と決定的な出会い方をしたといってよかろう。また同時に親しい友人に宛てて、「私が東洋に来ているとは想いもよらぬことでしょうが、ここは、私の霊がすでに一千年もいる所のような気がします」と、彼ののちの運命を暗示させるような手紙を書き送っている。

アイルランド人の父とギリシア人の母との間に生まれ、また幼くして生母と生き別れた天涯孤独の子として、人生のあらゆる辛酸をなめ尽くしてきた八雲の眼には、桜があたかも自分にほほ笑みかけてくるかのように思われた。

そして、この国の春の日の光景が、一瞬のうちに、一つの絶対不可侵の「理想郷」

として映じた。結局、この蓬萊の国日本が、実際、彼にとって終《つい》の栖《すみか》となったのである。

だが、八雲の横浜入港日の四月四日にまつわるこのエピソードを、ただ単に出来過ぎた話として聞き捨てにするわけにはいかないであろう。ともかくも、日本にユートピアを夢見る幻視者八雲のこれからの日本での境涯を思うにつけ、この日本との出会い方はたしかに象徴的な出来事、いやひとつの事件といえるだろう。

かくして、八雲の横浜、鎌倉、江ノ島、東京滞在の五カ月間、それから松江在住の一年三カ月という二年足らずの、日本との〝蜜月時代〟は、たちまちのうちに過ぎ去ってゆくのである。

折しも八雲が春うららかな横浜に上陸した四月四日は、皮肉にも〝受苦日〟（グッド・フライディ）に当たる日であった。そして、後年の熊本時代（一八九一年十一月―一八九四年十月）、神戸時代（一八九四年十月―一八九六年八月）、東京時代（一八九六年九月―一九〇四年九月二十六日死去）という三つの時代は、日本への〝幻滅〟感、日本の欧化主義と近代化への批判を、しだいに手紙や作品（『東の国から』『心』『怪談』など）を通して強めていく時期であった。

日本的なものとの遭遇

八雲の日本到着のエピソードの語り口からも、彼の芸術家としての資質は、ネルヴァルやポーの衣鉢《いはつ》を継ぐ世紀末風の幻視者《ヴィジョネール》のもつそれである、と考えてよかろう。八雲は、日本と自分とが決定的に出会う場面を、青く澄みわたった日本晴れの空、鯉のぼり、桜の花、富士山というまことに日本的でステレオタイプ的連想イメージを連ねながら、その日本の心象風景を自分の内に遠近法（距離のリアリズム）を排しながら、呼び込み、取り込んでいったのである。

八雲の「東洋の第一日目」や「神々の国の首都」（拙訳の『新編 日本の面影』収録）などは、いわゆるジャーナリストのもつリアリズム的な手法ではなく、印象派風の喚起的でかすかに痙攣《けいれん》的な動きの速い文体で書かれている。八雲の『日本の面影』の紀行文のスタイルは、おおむね、生涯を漂泊してやまぬ一個の alterego（もう一人の自己）である〈幽霊〉にとりつかれた幻視者の紡ぎ出す文体とでもいえばよかろうか。

八雲の日本への失意と錯誤も、また賛美と自己同一化もすべて、彼のこの宿命的ともいえるもう一つの自我（幽霊）の紡ぎ出す、うち震えるような幻視者の文体から表出したものであろう。八雲は自らを漂泊の旅人と呼び、自己の想像力というものが、いかにして誘発されるのかを図らずも、次のように披瀝《ひれき》している。

思うに、生まれ故郷を離れて旅したことのない人は、幽霊《ゴースト》というものを知らずに一生を過ごすのではないだろうか。しかし、漂泊の旅人は幽霊のことをよく知っているようだ。漂泊の旅人というのは、文明人のことである。何かの目的や楽しみのために旅をするのではなく、ただひたすら己れの存在につき動かされて旅に出る人のことである。

内に潜んだ生まれつきの性《しょう》が、たまたま自分の属してしまった社会の安逸な情況に溶け込めない。そのような人は教養も知性もありながら、わけもなく奇妙な衝動の虜《とりこ》になっているにちがいない。その衝動が抗《あらが》いきれないほど圧倒的で、しかも世俗的な欲望をもことごとく蹴散《けち》らしてしまうことに、本人自身も戸惑っているようだ。

……そのような衝動は、おそらく祖先の性癖に由来するのではないだろうか——つまり、遺伝的な特質と説明すれば、合点がゆくのではなかろうか。それとも、そうではないのであろうか。漂泊の衝動の虜になった人はただ、初めから自分の中にあった渇望の幼虫が育って、成虫になったのだと信じるしかないのだ。限りある生の連鎖の中で、長いあいだ内に眠っていた渇望が、時満ちて溢《あふ》れだしたのだと……。

右の引用文は、アメリカ時代の日本への出発前に書いた「幽霊」という随想（一八八九年十二月、のち『カルマその他』に収録）の冒頭部分からの引用であるが、世紀末風の芸術家としての自己規定としても読めるであろう。さらに読み進んでいくと、なんとも不思議な一節に出くわす。八雲は、四ヵ月後の日本との決定的な出会いを暗示するような一節を書きつけているのだ。

……ああ、最初に感じる何とも言われぬ胸の高鳴り。初めて訪れた街は、なんと輝かしく美しく見えることか。見知らぬ通りがすべて、思いもよらぬ希望へと続いているような気がしてくる。影さえも美しく、見なれぬ建物が、金色の光を浴びてほほ笑みかけ、素晴らしい先触れのように思えてくる。土地の人々との温かな出会い。異邦人でいるかぎり、人は良い面だけをこちらに向けてくれる……。それでもなお、すべては心地よく、ほのかな輝きに満ちている——街や人への思いは、淡い色合いのぼやけた写真のように、柔らかでやさしい。

ところがしばらくすると、まわりのすべてのものがしだいに、細かなところまではっきりと見えてくる。幻影を貫き、さらには幻影をかき消して、輪郭は日ごとに堅く尖《とが》っていく。この憂鬱《ゆううつ》な日々が続くあいだに、足は舗道のでこぼこした感触を覚え、建物の欠けた壁面や、人々の顔に刻まれた苦悩の皺《しわ》が、まぶたに焼きつく。そうなってしまうと、耐えがたいほどの単調さに苛《さいな》まれ、変化のなさにいたたまれなくなる。

この八雲の絶えざる「漂泊」への衝迫の告白は、横浜上陸の時にも、松江訪問の時にも、あたかも長い間潜伏していた祖先の遺伝的な熱望のように、一気に発現したのである。そうした魂のみがもつ遺伝的想像力の発現性こそ、幻視者八雲の存在そのものといってよかろう。

ところで、八雲は初めて日本の土を踏み、どのような思いを抱きながら日本の風物を眺めたのであろうか。船で横浜に到着した運命の日、〝受苦日〟にかいま見た、一人の幻視者の風景は、私たちにいい伝えられてきたように、あのまことに春うららかな、よく出来たエピソードの絵柄で飾りたてられたユートピア世界の出現《あらわれ》であったのだろうか。

3　八雲の松江　松江の八雲

ユートピアとしての松江

松江あるいは出雲《いずも》というと、小泉八雲の名を思い起こす人も多いだろう。これほどこの土地の名になじんでいる文豪も、また少ないのではなかろうか。一八九〇年（明治二十三）四月四日に来日し、八月末、島根県尋常中学校、同師範学校へ一英語教師として赴任し、以後一九〇四年（明治三十七）九月二十六日、東京で没するまで日本を離れることはなかった。

しかし、八雲の十四年間にわたる日本時代の中で、一年三ヵ月余りしか滞在しなかった松江時代が、とりわけわれわれの関心をひくのはなぜであろうか。八雲は、のち熊本（三年間）、神戸（二年間）、東京（八年間）と転々とすることになるのだが、八雲といえば松江、松江といえば八雲、という印象が拭《ぬぐ》いがたいのは、なぜであろうか。

当時の松江は、まだ、八雲にとって西洋文明がその世界においてとうに駆逐した異端の神々が住み給う聖なる都であった。そして同時に、彼には、この神々の首都松江が、生まれ故郷のギリシアと類推《アナロジー》される一つのユートピアとも思われた。八雲は、明らかにギリシアとの類推から日本＝出雲地方を一つのユートピアと見立てていたと思われる。

夢想家八雲が「ほんの一時でもいいから、あの滅び消えたギリシア文化の美しい世界に住むことができたならどんなにいいだろう——」（『神国日本』）と嘆息する時、いうまでもなく、横浜、鎌倉、松江、出雲地方での恩寵《おんちょう》に満たされた決定的な〈光景《ヴィジョン》〉、つまり旧日本との出会いの一齣《ひとこま》ひとこまを心の中で反芻《はんすう》していたにちがいない。

それでは、八雲文学の中の旧《ふる》き佳《よ》き日本は、どのような基調《キーノート》を奏でていたのか。それを知るには、彼の日本の第一印象がどのようなものであったかを、八雲自身に語らせるのが一番であろう。

このような思いやりのある、興味のまなざしや笑みを目の当たりにすると、初めてこの国を訪れた者は、思わずお伽の国を彷彿としてしまうことだろう。こうした表現はたしかにありふれていて、うんざりするかもしれない。誰もが口を揃《そろ》えたように、この地の第一印象を、日本はお伽の国で、日本人はお伽の国の住人だと表現する。しかしながら、正確に描写することなどほとんど不可能な世界を初めて表現しようとすれば、同じ文句におさまってしまうのも、無理からぬことではないか。

すべてが自分の世界よりもスケールが小さく、優美な世界――人の数も少なく、親切そうで、自分の幸せを祈るかのように、誰もが微笑《ほほえ》みかけてくれる世界――すべての動きがゆっくりと柔らかで、声音も静かな世界――大地も生き物も空も、これまで見たことのない、まったくの別世界――そんな世界にいきなり飛びこんだのである。イギリスの昔話を聞いて育った想像力の持ち主なら、これこそが、昔夢見た妖精の国の現実だ、と錯覚してもいたし方はなかろう。(「東洋の第一日目」『新編 日本の面影』収録)

この「東洋の第一日目」は、西洋文化の窓口であった横浜での見聞をもとに書かれてはいるが、それはそのまま山陰の古都、神々の首都松江と出雲地方の光景と印象とに重なってゆく。この一節からも、八雲が、いかに夢見ごこちの状態で、日本という〝永遠のヴィジョン〟をとらえようと筆を走らせていたかが分かる。八雲には、この極東の地で、見るもの、聞くもの、なんでもいいようもなく愉快で、新奇であったのだ。

異境で暮らすこの「驚きと喜び」は、最晩年の『神国日本』の中でも繰り返し表れている。八雲の鎌倉や松江や出雲に代表される〈永遠の日本〉というイメージが、来日以来十四年経った晩年においても、変化をきたしていないことがうかがい知れる。八雲は、彼のよく用いる印象主義風の言葉をあえて使えば、「なにか不思議な、わくわくするような、われわれの経験とはおよそ似ても似つかない、神秘的な」感じを、つまり捕捉《ほそく》しがたい魅力を、明治時代の日本の風俗や文化の中に読み取っていたようである。

　私自身の日本の第一印象は――晴れわたった春の日の、あの白っぽい陽光のなかに見た日本は、やはり多くの経験者と共通したものを多分にもっていたに違いない。とりわけ、わたくしがいまも忘れずにおぼえているのは、はじめて見た光景のあの驚きと喜びだ。

　あの驚きと喜びとは、今でもわたくしの胸の奥から消え去らないで、滞日十四年になる今日でも、ときおり何かの折に、ふっと私の心に甦えってくる。（『神国日本』傍点引用者）

　八雲がこのように最晩年の『神国日本』（一九〇四年）で述べているが、光と影の世界があやしく交錯していた、あの松江での節夫人との生活を回顧していたことは、疑いようがない。たとえば、やはり晩年の作品『怪談』の中の「蓬萊」は、八雲のユートピアとしての理想的日本を謳いあげた作品ではあるが、その原イメージとなっているのは、松江での節夫人との生活ではないかと思われる。

もう一つ例を挙げれば、「菊花の約《ちぎり》」という短い名篇があるが、この作品は、男同士の約束、武士の信頼関係がテーマの作品である。この作品も晩年の八雲の出雲への回帰の気持ちが表現されているように読める。

私たち読者は、八雲の『日本の面影』からは、「すべてに安らぎを与える自然の静けさと十六世紀の夢の数々が、息づいている」（「日本の庭にて」）松江と出雲の〈地霊〉といったものを感じ取ることが出来る。すなわち、出雲の神々や松江の地霊は、『日本の面影』の文章のいたる所に宿り給うのである。

化け物屋敷と妻節

八雲が「神々の国の首都」で震えるような美しい筆致で描いているように、松江は宍道湖《しんじ》を南西部に配し、光と陰影に富む水の都である。また出雲地方一帯は、今も昔も神話や伝説が息づく神々の里である。宍道湖北岸の千鳥南《ちどりみなみ》公園にある小泉八雲文学碑の前に立つと、八雲の「わたしは、これから方々へ巡礼しなければならない。この市の周囲には、湖水の向う、山のかなたに、古い古い聖地があるのだから」（「神々の

小泉八雲の旧居（松江）

国の首都」）という言葉が刻まれているのが、眼にとまるであろう。

それから、松江の周囲を取り囲む出雲の山々を眺めれば、われわれは、否《いや》が応でも、八雲が足繁《あししげ》く通った神々の住む里へと誘《いざな》われる。八雲という八雲の帰化名が、『古事記』の「八雲立つ　出雲八重《やえ》垣《がき》　妻籠《つまご》みに　八重垣つくる　その八重垣を」というスサノオの歌に由来していることを実感できるのも、この場所であろう。

一方、市内の松江城の北裏手、塩見縄《しおみなわ》手《て》という一風変わった名称の通りに目を転じてみるなら、その付近からは妖怪《ようかい》の棲《す》む里という風情が感じ取れる。この三百メートルほどの、城を囲む通りは、松江藩中老塩見小兵衛《こへえ》の名にちなんだ濠端《ほりばた》の通りで、そこには西側から小泉八雲記念館、小泉八雲旧居、田部《たなべ》美術館、八雲庵《あん》、武家屋敷が立ち並んでいる。いかにも城下町といった雰囲気に浸ることが出来る。八雲が小泉節と結ばれ、一八九一年（明治二十四）六月から十一月まで住んだのが、このささやかな土塀に囲まれ、小さな庭園のついた八雲旧居、八雲が大いに気に入った武家屋敷である。彼は、この近世のたたずまいを残す武家屋敷で、子供が親にねだるように、妻節に日本の古い伝説や怪談の話を聞かせてくれるようせがんだと伝えられている。

この八雲の節への昔話のおねだりは、東京時代まで続いたのであろう。節の語り遺《のこ》した『思い出の記』は、八雲の人柄を最もよく伝えるものだが、とくに夫八雲に対する創作上のよきアシスタントぶりが描かれていて、読む者の胸をうつ。

怪談は大層好きでありまして、「怪談の書物は私の宝です」と言っていました。私は古本屋をそれからそれへと大分探しました。

淋しそうな夜、ランプの心を下げて怪談を致しました。ヘルンは私に物を聞くにも、その時には殊に声を低くして息を殺して恐ろしそうにして、私の話を聞いているのです。その聞いている風がまた如何《いか》にも恐ろしくてならぬ様子ですから、自然と私の話にも力がこもるのです。その頃は私の家は化物屋敷のようでした。

私は折々、恐ろしい夢を見てうなされ始めました。この事を話しますと「それでは当分休みましょう」と言って、休みました。気に入った話があると、その喜びは一方ではございませんでした。

私が昔話をヘルンに致します時には、いつも始めにその話の筋を大体申します。面白いとなると、その筋を書いて置きます。それから委《くわ》しく話せと申します。それから幾度となく話させます。私が本を見ながら話しますと「本を見る、いけません。ただあなたの話、あなたの言葉、あなたの考えでなければ、いけません」と申します故、自分の物にしてしまっていなければなりませんから、夢にまで見るようになって参りました。

八雲は松江時代も東京時代も、このように妻節に民間伝承や怪談を語ってくれるよう乞《こ》い、創作意欲をかき立てていたと想像できる。とりわけ八雲は、松江時代には、寺々にいい伝えられた怪談にひどく興味をそそられたようで、節から毎夜、色々な話を聞きだしている。

来日して間もない新婚当時のことであるから、八雲に日本語を聴き取る充分な力があったとは思われない。また、節にそれを説明するだけの英語の知識が備わっていたはずはない。しかし妻は、以心伝心をもってして、単純素朴な昔話の精髄を、言葉の意味にのみ頼らず伝えることに巧みだったといえる。節の天性のストーリーテラーぶりが、八雲の想像力を刺激しなかったとしたら、八雲の後年の『怪談』のような傑作は生まれなかったと考えられる。

次に松江時代に八雲の心を打ち、『日本の面影』に拾われた怪談話を二、三紹介してみよう。

怪談の生きるまち　松江──主題の発見

『日本の面影』の中の「日本海に沿って」では、宿の女中から八雲が直接聞いたことになっているが、妻節が八雲に初めて語って聞かせたのは、有名な「鳥取の蒲団《ふとん》の話」であった。

それは夜中、「あにさん、寒かろう」「おまえ、寒かろう」といって泣く、蒲団に宿る貧しい兄弟の死んだ霊の話であるが、『日本の面影』の「日本海に沿って」(第九章)に、八雲独特の哀感がこめられた一篇の再話として挿入されている。その前半部分を少し長いが、引用してみる。


ずいぶん昔のことである。鳥取の町の小さな宿屋に、旅の商人が宿をとった。宿屋の主人は、この上なく念を入れて心から客をもてなした。新しく開いたばかりの宿屋だったので、評判のよい宿屋にしたいと思ったからである。十分な元手がなかったので、家具などの調度品も什器《じゅうき》も、古道具屋から買い入れたものだった。それでも、こざっぱりと、居心地よく整えられていた。旅商人の客は盛んに食べ、気持ちよくお酒もかなり飲んで、用意されていた布団に入り、寝入ってしまった。

人は深酒をして寝ると、ぐっすり寝入ってしまうのが常である。ましてや少し冷えた夜に、ぬくぬくした布団に入っていればなおさらのことだ。ところが、客はうとうとしかけたところで、部屋の中で聞こえる子供の声に目が覚めてしまった。その声は、何度も同じことを尋ね合っているようだった。

「あにさん、寒かろう」
「おまえ、寒かろう」

部屋に知らない子供が入ってくるとはなんとも迷惑なことだと思いながらも、客は別に驚かなかった。というのも、日本の宿屋の部屋には鍵のかかる戸はなく、部屋と部屋は襖《ふすま》で仕切られているだけだからである。だから客は、暗闇の中で子供たちが部屋を間違えて入ってきたのだろう、と思ったのである。客はやさしく注意した。すると、少しの間、静かになった。やがてまた、幼くかぼそい声が悲しそうに聞いた。

「あにさん、寒かろう」

別の幼い声がやさしく答えた。

「おまえ、寒かろう」

客は起き上がり、行灯《あんどん》のろうそくに火をつけて、部屋の中を見回した。しかし、誰もいない。障子も襖も閉まっている。押し入れも開けてみたが、何も入ってい
ない。けげんに思いながら、行灯の明かりはそのままにして横になった。すると
すぐに、先ほどの悲しげな声が聞こえてきた。枕元《まくら》の辺りで聞こえるのだ。

「あにさん、寒かろう」

「おまえ、寒かろう」

ここへきて初めて、客はぞっと寒気がした。夜の寒気のせいではない。繰り返し繰り返し聞こえてくる声に、客はもうすっかりおびえてしまった。その声は、布団の中から聞こえてきていたからである。掛け布団の中から声がするのだ。

客は大あわてで荷物をまとめて、階段をかけおり、宿屋の主人をたたき起こして、ことの次第を話した。主人は気を悪くして答えた。

「そのようなことはないと存じます。お客様に居心地よく過ごしていただこうと、できるだけのことはいたしました。多分、お酒をだいぶ召し上がられたので、お

おかた悪い夢でもご覧になられたのでしょう」
けれども、客は納得せず宿賃を払って、別な宿をさがすと言って出ていってしまった。

妻節から聞かされた「鳥取の蒲団の話」は、八雲にとって日本の霊的世界の発見に次々とつながっていったと思われる。他に『日本の面影』の「神々の国の首都」(第十八章)には、松江の東北部、北田町《きただまち》にある普門院《ふもんいん》に伝わる怪談「小豆磨ぎ橋《あずきとぎばし》」と中原町《なかはらちょう》の大雄寺《だいおうじ》の墓地にまつわる怪談「水飴《みずあめ》を買う女」などが、採話されている。

この二作品にも、実に八雲好みの主題が隠されている。「小豆磨ぎ橋」では、男に対する女の幽霊の復讐《ふくしゅう》がテーマとなっており、後年の『怪談』や『骨董』に結実する男の裏切りの主題が、すでに取り上げられている。

また次に紹介する「水飴を買う女」では、死んで亡霊となってまでもわが子を守り養おうとする母の永遠の愛が、テーマとなっている。実はこの主題も、八雲文学の重要なライト・モチーフといってよい。まず先に「小豆磨ぎ橋」を取り上げてみよう。

松江《まつえ》の北東あたり、普門院の近くに小豆磨ぎ橋《あずきとぎばし》と呼ばれる橋がありました。それは、その昔、夜な夜な女の幽霊がその橋のたもとに座り、小豆を磨いでいたといういわれのある橋でした。

日本には、杜若《かきつばた》という紫色の素晴らしく美しい花があり、それにちなんだ「杜若」という謡曲《うたい》がありましたが、小豆磨ぎ橋の近くでは、この謡曲を決してうたってはならないという言い伝えがありました。そのいわれは分かりませんが、この橋に現れる幽霊はその謡曲を聞くとたいそう腹を立て、うたった者にそれはそれはおそろしい災難が降りかかるということでした。

昔、この世に恐いものなどないと豪語する侍がおりました。ある夜、侍はその橋を通りかかり、「杜若」を大声でうたいました。幽霊など出てきませんでしたので、侍は笑いとばして家路につきました。

家の門のところまで来ると、これまで見たこともない、背のすらりとした美しい女が立っていました。女はお辞儀をすると、女性が手紙などをいれておくのに使う、漆塗りの文箱《ふばこ》を侍に差し出しました。侍も毅然《きぜん》とお辞儀を返しました。すると、女はこう言いました。

「わたくしは、ただの女中でございます。奥様よりこれを預かって参りました」

そう言いおえると、女は目の前から姿を消しました。

侍が箱の蓋《ふた》を開けてみるや、その中には血まみれになった子どもの生首が入っ

小泉八雲記念館（松江）

ていました。そして家の中に入ってみると、客間では、頭をもぎ取られた幼いわが子が、息絶えておりました。

右の「小豆磨ぎ橋」は、日本の怪談のきわめて典型的なものといってよく、人間（男性）の死者（女性の幽霊）の世界へのタブーの侵犯、あるいは冒瀆《ぼうとく》を描いている。まず、話の筋が男性（侍）対女性（幽霊）という対立関係で展開している点に注目してほしい。

八雲によれば、現世の人間と死者の世界（霊界）の関係は、いわば一つの契約で成り立っている。この契約の関係を侵すものは、必ずや霊によって復讐を受けるのである。この男女の霊的関係性の主題は、『怪談』の「雪女」や「お貞《てい》の話」や「青柳《あおやぎ》ものがたり」などで深められてゆくテーマといってよい。

また「小豆磨ぎ橋」は、話の運びとその物語の図柄、色彩感も、八雲のゴシックロマン的な怪奇趣味を大いに満足させる作品となっているといえる。すなわち、小豆を磨ぐ怪しい美女と目もさめるような紫色の杜若の花の妙なるコントラスト。その花の歌(謡曲)を歌う屈強な侍と女の幽霊との出会い。そして、クライマックスでは、侍の幼子の血だらけの生首の出現――。

これらすべての色あざやかな舞台装置は、きわめて八雲好みのゴシックロマン的奇想から生れているといってよかろう。もぎ取られた子どもの血だらけの生首は、後年の『骨董』の「幽霊滝の伝説」にも引き継がれ、登場している。

さて、次は大雄寺に伝わる怪談「水飴を買う女」の話である。

大雄寺《だいおうじ》の墓地は、中原町《なかばらまち》と呼ばれる通りにあります。この寺にこんな話が伝えられています。

中原町に飴屋《あめや》があり、水飴を売っていました。昔は、乳が手に入らないと、かわりに水飴を赤ん坊にやったものでした。

毎夜、ずいぶんと夜も更けてから、その飴屋に飴を買いにやってくる女がいました。たいそうやせた顔色の青白い女で、いつも白い着物を着て、毎日一厘、水飴を買っていきました。女があんまりやせて顔色が悪いので、飴屋の主人は気にかかり、どこかおかげんが悪いのではありませんかと尋ねてみました。けれども、女は何も答えませんでした。

どんな事情があるのだろうと思った飴屋は、とうとうある晩、女の跡をつけてみることにしました。すると、女は墓地の中に入って行ったので、飴屋は恐ろしくなって逃げ帰ってきました。

次の晩、女はまた店にやってきました。でも、その日は水飴を買わず、一緒に来るようにと飴屋に手招きするのです。飴屋は友人と一緒に女について行くと、墓地にたどり着きました。女はある墓の前に近づいたかと思うと、ふっと姿を消してしまいました。

すると、墓の下から赤ん坊の泣き声が聞こえてきました。墓を開けてみると、そこには毎晩飴を買いにやってきた女の亡骸《なきがら》が横たわっており、傍らに赤ん坊がいました。赤ん坊は元気よく、提灯《ちょうちん》の明かりを見てにこにこと笑っています。

そばには、水飴の入った小さな椀《わん》がありました。女は亡くなるとすぐに埋葬されてしまったので、墓の中で赤ん坊が生まれたのでしょう。それで、母親の幽霊は夜ごと、赤ん坊に水飴を買い与えていたのでした。愛は、死よりも強かったのです。

この怪談話は、八雲が添えた最後の一行、「愛は死よりも強かった」で注目されることとなった話である。しかしこの一句は、原話にはなく、八雲が再話した際に付け加えたものである。幼年期に生母と生き別れたことはよく知られているが、八雲が一生抱き続けたのは、ギリシア人の母への思慕であり、その母を捨てたアイルランド人の父への憎しみであった。八雲は、「愛は死よりも強し」の一行に自分の母への愛と子(八雲自身)に寄せる母の永遠の愛とを重ね合わせることによって、この古ぼけた民間伝承に、自己のテーマ(母性への思慕)の生命《いのち》を吹き込んだと思われる。

そのように考えてくると、八雲の晩年の再話ものの傑作、『怪談』や『骨董』などは、松江での「鳥取の蒲団の話」「小豆磨ぎ橋」「水飴を買う女」などの霊的世界、死者たちの魂のゆくえへの着目なしには、作品化されなかった作品と考えてよかろう。これら三篇の怪談話に着目し、自分の世界観で解釈しなおし、再話したということは、晩年の『怪談』と『骨董』に代表される芸術的達成へと向かうための助走であったと考えられる。

4　二つの日本──松江から熊本へ

八雲書簡に語られたドラマ

八雲は作品の他に膨大な量の書簡を残している。彼の書簡は、彼の陰影に富む、しかし一途《いちず》な性格を明らかにしてくれる恰好《かっこう》の素材といえる。八雲は、「夢魔の感触」や「私の守護天使」などの自伝的要素の強い断篇を数篇書き残してはいるが、いわゆるまとまった自伝や日記を残さなかった。しかし、いたって筆まめで、彼の作家としての成長・発展ぶりを時間的にも辿《たど》ることができる。

晩年の東京時代（一八九六―一九〇四）は、特に創作に打ち込むため人と会うことを極力さけたが、ほぼ一貫して、彼は筆まめに手紙だけは書いている。彼の手紙は、受取り人たる友人、知人にとってはなかなか魅力的なものであったらしく、みな申し合せたようにそれを保存していた。だから彼の書簡は、驚くほど散逸を免れている。

いささか変わった評価だが、日本時代の親友であったB・H・チェンバレンなどは、八雲の書簡を過大に評価するあまり、彼の著作よりも優れているとまでいっている。

チェンバレンの八雲の夢想的な作品に対する皮肉とも批判とも考えられる。たしかに『ラフカディオ・ハーン著作集』第十四巻（恒文社）に収録された「西田千太郎あて書簡」、「大谷正信あて書簡」、「ハーン＝チェンバレン往復書簡」などをひもとけば、彼の日本認識の深まりが克明に記録されているのみならず、またいかにレター・ライターとして名手であったかがうかがい知れる。

もう一つ書簡にまつわるエピソードを挙げてみよう。八雲没後すぐに、八雲の生涯の友であったアメリカのジャーナリスト、エリザベス・ビスランドが彼の伝記編纂を思い立ち、その材料として彼の手紙を大がかりに収集したことがあった。しかし、ビスランドはすぐに詳しい伝記を書くことを断念し、その手紙をそのまま公開して、略伝を附すことにとどめた。八雲自ら書いた書簡ほど赤裸々に、彼の人生を、彼の魂の発展を倦《う》むことなく語って聞かせてくれるものは他になかったからである。

没後二年後の一九〇六年、ビスランドはホートン・ミフリン社から『ラフカディオ・ハーンの伝記と書簡』という二巻本の書簡集を出版した。この一事からも、八雲の書簡は、並の評伝作家の太刀打ちを許さない、彼の生成発展ぶりを記録したすこぶるエキサイティングな作品だということが分かる。

さらにわれわれにとって興味深いのは、たとえば「ハーン＝チェンバレン往復書簡」の中の熊本時代の手紙を読むと、八雲が単なる日本礼賛者でないことが了解出来る点であろう。八雲という人物を見なおす上で、熊本時代はきわめて重要である。

注目すべきは、熊本時代（一八九一―九四）に至って、八雲の日本が、無残にも二つに引き裂かれてしまったことである。彼の愛惜してやまぬ古い文化・伝統をもった〈旧日本〉と、欧化主義と富国強兵に突き進む〈新日本〉とに、彼の内面は大いにゆれ動いたのである。

しかしながら、この熊本で受けたカルチャーショックは、蜜月時代を享受した一年三カ月間の松江滞在と比べれば、むしろ八雲の日本認識に進展を与えた絶好の機会であったと考えるべきであろう。彼は当時軍都であった熊本において、徐々に日本についての認識を改めてゆかざるを得なくなるのである。かつて野口米次郎（ヨネ・ノグチ）は、「ハーンの理解はその著作だけではできない。書簡を見なくてはならない。かれには両面があるからだ。……著書では日本をほめ、書簡では否定している」と述べたことがあった。書簡の重要性を述べているのは評価できるとしても、八雲にとっては、書簡も作品も一つの真実を書いたものであって、そこには矛盾はなかったと思われる。

熊本時代において初めて、八雲の内なる〈旧日本〉像と〈新日本〉像とが、否応《いやおう》なく対決を迫られることになる。二つの〈日本像〉が、激しいせめぎ合いをはじめたのである。そういう意味では、「ハーン＝チェンバレン往復書簡」を読むと、野口米次郎の辛口の指摘も理解できる。この「往復書簡」の醍醐味《だいごみ》は、日本を冷徹に見つめる客観的な精神の所有者チェンバレンの胸を借りて、八雲の日本認識の深まりのドラマが展開されている点であろう。

New Japan か Old Japan か

それでは、八雲のこの二つの〈日本〉像の葛藤について、他の書簡も手がかりにしてもう少し具体的に見ておこう。

一八九一年（明治二十四）十一月、八雲は冬の厳しい松江から熊本の第五高等中学校に転任する。しかし二年後の九三年には、出雲と比べて粗野で殺伐とした九州の土地柄に幻滅感を強めたといわれている。さらに九四年に日清戦争が起こり、自分のような西洋人を追い出しかねない排外思想が強まったことに身の危険を感じた。

八雲は、軍国主義、国家主義の台頭により、精神的にも生活的にも窮地に立たされていたのだ。たとえば、九二年には、もう一人の友W・B・メースンに「日本のあらゆる事がまったく絶望的に感じられ、もし自分に養育してやるべき者がいなければ、おさらばしたい」と日本への失意と不安を訴えている。この手紙からは、八雲の身の上に何かよからぬことが降りかかったのではなかろうかと想像される。考えようによれば、例の八雲特有の傷つきやすい被害妄想が、また頭をもたげはじめたと考えることもできよう。

ところが、九三年に入ると、八雲はこれまでの『日本の面影』に見られるような日本観がいかに皮相なものであったかを深刻に反省し、新たな日本研究の境地を開こうと新たな決意を固めるのである。この決意はまた、八雲の内面に Old Japan〈旧日本〉と New Japan〈新日本〉の対立を激化させることでもあった。

次のチェンバレン宛の九三年四月十三日付書簡は、特に注目すべきもので、八雲は著しい心境の変化を示した。

わたくしの手紙は、わたくし自身の心の動揺を反映しております。しかし、それはまた、たしかに幻想と幻想からの覚醒《かくせい》の記録でもあるのです。……今やっと、わたくしは、いやしくも日本という主題を、分別をもって思慮深く扱うことができるようになったと言うべきなのでしょう。

この文面から、『日本の面影』に収録された多くの作品が、幻想ないしは錯覚であったのではないかと反省し、再出発に懸けている八雲の新しい心境がうかがえる。

また同時に、〈新日本〉の担い手である、西洋の学問を身につけた知識人や、日本が列強に伍してゆくことを願う官僚たちを、チェンバレン宛書簡で「気の毒なほどの小人たち」と痛烈に批判しはじめるのも、ちょうどこの時期である。
八雲は、彼の嫌った西洋かぶれの知識人や官僚や軍人の支える近代日本＝〈新日本〉の行く末に脅威を覚え、口をきわめて「駄目な日本」と非難しはじめたのである。

最も高い教育を受けた日本人は、ある問題について考えるとなると、気の毒なほど小さく見えます。この人たちの話ぶりは、十四、五歳の少年のようです。……彼らは気の毒なほどの小人《しょうじん》たちです。わたくしは初めて〈駄目な日本〉と言いたい気がします。（一八九三年五月十二日付）

一方、八雲が崇拝し、道徳的優越性を主張してやまないのは、庶民の中に生きる〈旧日本〉の精神であった。次のチェンバレン宛書簡には、八雲の二つの日本に対するジレンマがよく表れている。ここで「東洋」といっているのは、いうまでもなく「日本」のことである。

この東洋は、われわれ西洋のはるかに深い苦悶《くもん》を知らず、はるかに大いなるわれわれの歓喜に到達すべくもないのですが、東洋なりの苦悶はあるのです。……他者への没我《アンセルフィッシュ》的な思いやりから耐えている苦難があるのです。……その苦難を誰もが等しく引き受けるようにしてしまう子供っぽい感受性によって、埋め合わせがついているのです。

それゆえわたくしは、日本の民衆を愛し、かれらを知れば知るほどに、ますますかれらを愛するのです。

逆にわたくしは、新日本の露骨な利己主義、冷酷な虚栄心、浅薄俗悪な懐疑主義、つまり天保時代に対する軽蔑《けいべつ》を喋々《ちょうちょう》し、明治以前の愛すべき老人を嘲笑《ちょうしょう》し、ひからびたレモン同様に空虚で苦い芯《しん》しか持たぬがゆえに、決してほほえむことを知らない新日本を、言うに言われぬ嫌悪をもって憎悪するのです。（一八九三年一月十七日付）

しかしながら、八雲にとって問題なのは、〈旧日本〉か〈新日本〉か、といった単純な選択などではなかった。彼の心中は、もっと矛盾に満ちたものであった。しかし、二つの日本の葛藤中で暮らすことは、彼に極度の緊張を強いた。

熊本五高で一教師の自分は、政府の一役人にすぎず、また未来の官僚や軍人を育成するのに手を貸している。さらに日本の若者は、一様に西洋の学問を身につけはするが、教師である八雲の期待に反し、人間味のない、ひからびたレモンのような日本人に変わってゆく――。

八雲は、この現実をいかんともしがたいと思った。そして、八雲が学校で書かせる学生の作文には、外国人排斥の表現とともに好戦的な調子を帯びたものが目立つようになってきた。だが八雲は、おそらく不安で身を引き裂かれるような思いに立たされながらも、その実、日清戦争を契機に〈旧日本〉のもつ道徳的美点と長所が発揮され、〈新日本〉の勝利を願わずにはいられなかったのである。このアンビバレンツな思いは、八雲の抱え込んだ実存上のパラドックスといってよかった。

5　なぜ熊本を去ったのか

八雲の熊本嫌い

八雲は二つの理由で松江を去ったといわれている。松江の寒さが厳しく身にこたえたことと、自分を含めて九人の大家族を養わなければいけないという二つの理由で、松江から熊本へ移ったと自ら述べている。

松江時代は月給を百円もらっていたので大変な高給取りといってよいわけだが、それがまた倍額になって、熊本時代を送ることになる。一八九一年（明治二十四）、四十一歳から九四年（明治二十七）四十四歳まで、熊本でまる三年過ごすことになった。

ところで、八雲が熊本を嫌ったとして、八雲にとって、それが味気のない無意味な時代であったと考えようとする向きがある。しかしそれは、皮相な見方といわねばならない。私にいわせれば、八雲の「熊本を嫌った」といういい方には、八雲特有の好悪感の激しさと誇張が含まれている。それだけではなく、彼のもっと複雑なメンタリティが、時代背景とともに影響していると考えられる。

八雲の場合、詩人の野口米次郎が指摘したように、たしかに書簡と作品とではいっているように違いがあるように見受けられる。しかし書簡も作品も、彼にとって矛盾していることではなく真実なのである。熊本に着いたとき、八雲はなかなか辛辣《しんらつ》なことを手紙に書いている。彼は、非常に感情の振幅の激しい直情径行型の人間といえるが、たとえば、こういうことを書いている。

それは一八九三年二月十九日、松江にいる友人の西田千太郎に宛てて、熊本から書いている有名な書簡である。その手紙は、八雲がなぜ熊本を嫌っているのかということを克明に伝えている。

あなたは、なぜ私が熊本をきらっているか、不思議に思っておられます。
第一に近代化されているからです。
二番としてあまりに大きすぎ、寺院や僧侶や珍しい習慣がないから、私は嫌いです。

これは、しかしながら、この文面には誇張があり、いささか事実に反すると思うのである。「寺院や僧侶《そうりよ》や珍しい習慣がない」といっているのは、八雲が来た当時は、ちょうど熊本が焼け野原で、神社仏閣が無残な姿をさらしていて、町が焦土化していた時期に当たる。西南の役が一八七七年（明治十）の二月十五日から九月二十四日まで続くが、ちょうどその十四年後に八雲は熊本にやって来た。彼は、まだ焼け野原の残っていた熊本を見たわけである。

八雲が熊本を去ってから再建された寺社もあるかもしれないが、熊本には立派なお寺も、八雲の喜びそうな仏像とか地蔵尊とかもかなりあった。それゆえ、西田宛の手紙は、どうも八雲特有の誇張のような気がしないでもない。あるいは、軍国主義へ突き進む日本有数の軍都熊本の姿が、八雲にこういわしめたとも考えられる。

手紙は続けて、八雲は、熊本は「第三に醜悪だから嫌いです」といっている。それは明らかに、熊本が焼け野原になっていたということと、近代化の波が押し寄せていたということを同時に示している。八雲は手紙では時々表現を誇張することがあるため、割り引いて聞かないといけない場合がある。

「第四に、そこで私が不案内であり、そして多分文学的題材を得ることが出来ないから嫌いです」と手紙は続く。「文学的題材を得ることができない」というのも、私などは正直いって、疑問を感じてしまう。私は松江のようにはいかないにしても、熊本にもかなり文学的題材があったと思う。なぜこんなに熊本に点が辛いのか。

さらに「しかしセツは、私に他所への就職申し込みの手紙を引き出しに入れさせて、待つようにさせました」と手紙は続く。つまり、妻節が、もうしばらく当地に滞在した方がよい、ほかの所へ行ったところでもっと状態が悪くなるかもしれないと助言した、というようなことを書いている。

以上が、一八九三年二月十九日付の西田千太郎に宛てた手紙のあらましである。


それからひとっとびに、一八九四年、八雲が熊本を去る直前の西田宛の手紙をみてみよう。その手紙の調子は先の手紙とちがって、いささか偏執的な被害者意識が強いものである。その一行に「電信線が、熊本と文部省の両方につながっており、何か陰謀が働いているように思われる」とある。これは非常に気になる一行である。陰謀にかかって、自分は熊本を去らなければいけないと、親友である西田千太郎に訴えているのだ。

八雲はいつも窮地に立たされると、「陰謀だ」と叫んでいた。八雲はアメリカを去って日本に来た時に、ウェルドンという挿絵画家よりも給料が少ないというので腹を立てた。この時も、これは何かの陰謀だと叫んだ。そして、熊本から去るときにも、陰謀だと訴えている。

さらに一九〇三年に東大を解雇された時も、宣教師の陰謀だといって、怒りをあらわにした。八雲が生涯で嫌い抜いたものは、キリスト教の厳格な教えと近代化された西洋であったわけだが、もう一つは、前述したように、人間の裏切り、「陰謀」というものであった。

八雲がごく正直者でだまされやすい性格だったこともあろうが、どうも彼の異様と思われる過剰反応を見ると、私は何か痛ましいものすら感じる。

手紙は続けて「嘉納氏についていえば、私がしばらく前に出した手紙に返事もよこしません」と西田に訴えている。八雲は熊本五高をやめたいということを、当時の校長嘉納治五郎《かのうじごろう》にこぼしたのであろう。

さらに「学校のなぞめいた状況に関しては、道徳上の、根拠のありそうな、理解しうる理由が何ら見当りません」と述べている。そして、西洋かぶれの同僚教師佐久間信恭《のぶやす》との不仲が、熊本を去る一つの原因となったことをほのめかす文面となっている。しかし、真相の程は解らないままだ。

ほかには文部省に、いい教科書がないので、自分は新しい教科書を作りたいという嘆願書を出したけれど認めてくれない、とチェンバレンに訴えている手紙が見つかっている。

この手紙の文面は文部省批判になっており、しかも痛烈な内容となっている。この新発見の手紙（一八九四年三月十九日付）は、八雲研究家の関田かおるさんが翻刻し、解説をつけて発表（「小泉八雲のチェンバレン宛未発表書簡」『早大図書館紀要』第二十二・二十三号）している。

熊本五高（現・熊本大学）に来た当時、本当によい教科書がないことを、彼は嘆いていた。それで、課題文を全部黒板に書いて、懇切丁寧に説明するという授業方法をとっていた。そして、各生徒には彼らの思うままの題材で英作文を書かせたりしていた。八雲の添削した学生たちの英作文が、現在も熊本大学に残っているが、教育者としての八雲は、非常に頭の下がる誠に懇切丁寧な指導をしていた。それゆえ、八雲は創作家としてよりも、教育者としての方がすぐれていたのではないかという、英国人作家フランシス・キングのような人がいるくらいである。

先ほどの西田千太郎宛の八雲の手紙に話を戻そう。八雲は、「自分がこうして熊本から追い出されかねないのは、きわめて『なぞめいた状況である』」と書いている。そして「ここに滞在することは不快です。私は熊本から出ていくことを望んでいます。学生たちは善良で、私は彼らの何人かと別れるのは心残りです。しかし、学校の現在の状況では、ていねいな、誠実な授業をすることさえ困難です」と結んでいる。

この文面からは、教科書の作成プランを文部省側から蹴《け》られたことも暗示していると思われる。以上が、八雲の西田宛書簡で訴えた、熊本を嫌った四つの理由と熊本を去っていく状況のあらましである。

しかし、先ほど八雲の性格について指摘したように、八雲はとても感じやすい一面があり、猜疑心や被害妄想が人一倍強かったと思われる。その点も、熊本を去る原因の一つとなっていたのであろう。『思い出の記』の中で、妻節は八雲を回顧し、夫の傷つきやすい心を次のように述べている。

ヘルンはよく人を疑えと申しましたが、自分は正直過ぎる程だまされやすい善人でございました。自分でもその事を存じていたものですから、そんなに申したのです。一国者であった事は前にも申しましたが、外国の書肆《しょし》などと交渉致します時、何分遠方の事ですからいろいろ行きちがいになる事もございますし、その上こんな事につけては万事が凝り性ですから、挿画の事やら表題の事やらで向うでは一々ヘルンに案内なしにきめてしまうような事もありますので、こんな時にヘルンはよく怒りました。向うからの手紙を読んでから怒って烈しい返事を書きます。すぐに郵便に出せと申します。そんな時の様子がすぐに分りますから「はい」と申して置いてその手紙を出さないで置きます。二、三日致しますと怒りが静まってその手紙は余り烈しかったと悔むようです。「ママさん、あの手紙出しましたか」と聞きますから、わざと「はい」と申します。本当に悔んでいるようですから、ヒョイと出してやりますと、大層喜んで「だから、ママさんに限る」などと申して、やや穏やかな文句に書き改めて出したりしたようでございます。

八雲と教科書問題

八雲が熊本を去った外的要因としては、契約切れということだった。しかしこれは、更新すれば教師を続けることは出来たはずだ。もう一つは、授業時間数が非常に多く、負担であったようで、週二十七時間も受け持っていたようだ。彼の手紙ではたしかに二十七時間と書いてあったが、実際は二十一時間程度ではなかろうか。あるいは、年度によって持ち時間数が違っていたのかもしれない。いずれにしても、熊本五高での労働条件がよいとは思えない。

それから、校長の嘉納治五郎の転任があり、精神的な支柱が失われた、と八雲は訴えている。これは熊本を去る心理的要因の一つだったと思われる。主たる理由は、先ほど触れたように、教科書問題だと考えられる。

八雲は、学生のためによい教科書を作りたいという強い希望があって、文部省にたびたび提案していた。この教科書作りという仕事は、松江時代からの懸案事項でもあったのだが、退けられてしまったのだ。

実際、文部省や国は、それどころではなかったのである。日清戦争という国の命運を決する重大な問題を抱えていたので、そんな時期に教科書問題などに国の関心が向かうはずもなかった。八雲の教育者としての深刻さというのは、文部省当局には理解されていなかったわけである。
それゆえ、八雲が熊本を去る内的要因の二つ目として、教師としての挫折感を挙げてもよかろう。こういう真当な意見が通らない限り、自分はやはり教師としてやってゆく自信がない、と彼は決断したのである。

八雲は、島根県尋常中学、同尋常師範、熊本五高と生まれて初めて教師を経験した。八雲にはいわゆる高い学歴はなく、高校も中退で終わっている。それがのちに東京帝大講師まで上りつめた人間で、大変な努力家であったといえる。十九世紀のイギリスに典型的な、自立した「セルフメイドマン」であった。公の教育は充分受けていなかったにもかかわらず、熊本でもエリート校の教師として働くことが出来たのである。

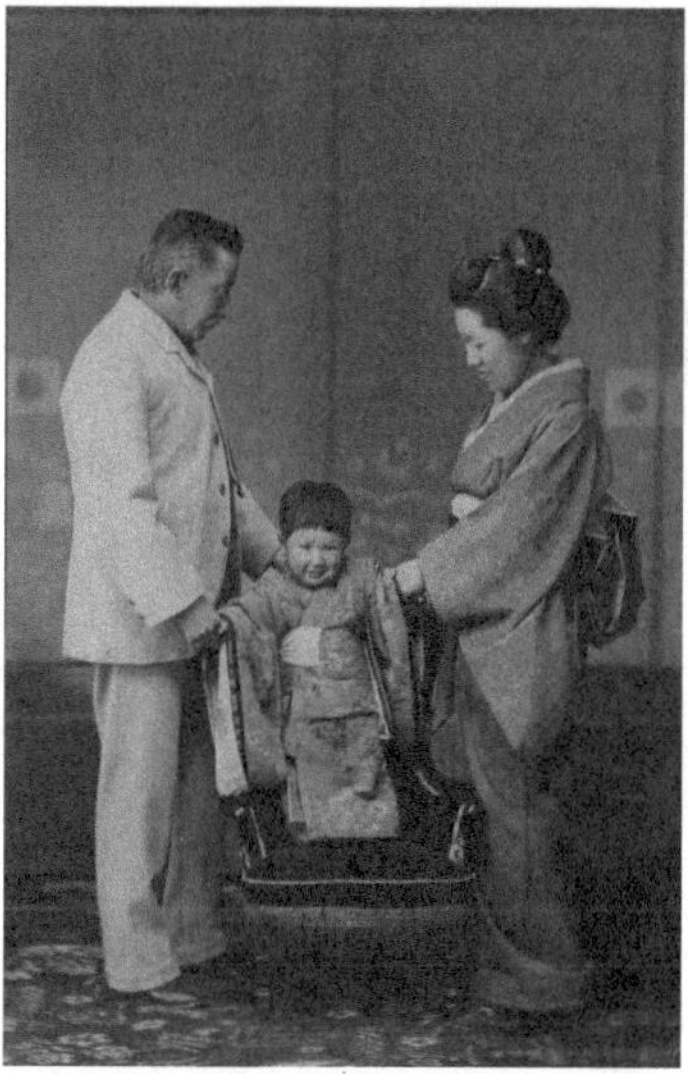
神戸時代の家族写真。八雲、妻・節、長男・一雄

しかし彼は、熊本時代において、教育者としてのみじめさというか無力さ――「学生は人間味のない官僚や新日本を担う軍人になってゆく」と八雲は、友人宛の書簡で洩らしたことがあった――というものを、嫌というほど味わったのである。

八雲は次の赴任地神戸では、熊本時代の給料の半額の一ジャーナリストに転職してしまう。この英字新聞『神戸クロニクル』紙専属の記者に転身するということに何か特別な意味があるのではないか、と考えることも可能であろう。単に呼ばれたから神戸へ行ったということではなくて、教師としての失意と挫折感があったのではないかという思いは、否めない。

熊本時代の意味

ちょうど八雲来日の日に当たるある年の四月四日に、私はたまたま「ハーンの熊本時代」という題目で講演するために来熊していた。その折、熊本日日新聞社の編集局長（当時）平山謙二郎氏からめずらしい資料のコピーをいただいた。その小冊子は、十七ページほどのきわめて薄いもので、荒木精之《あらきせいし》著『小泉八雲小傳』というタイトルがついたものであった。

そして、書名の右側に「小泉八雲生誕百年記念」と銘打たれていた。つまり、一九五〇年（昭和二十五）の発行で、発行所は熊本市役所、非売品となっていた。私は、そのパンフレットの「四、熊本でのヘルン」の中に、熊本在住の研究者荒木氏の先の、八雲の「西田宛書簡」に対する適切な回答を発見する思いがしたので、紹介してみたい。

熊本嫌悪に満ちた八雲の手紙には、私自身、カルチャーショックからくる反動ゆえに穏当さを欠く点が多々あることに気づいてはいた。熊本市が近代化されつつあるのであれば、市の外観はそれなりの変質や醜悪さが当然つきまとっていたであろう。八雲の先に引用した手紙の一番目の「熊本の近代化」指摘は、いたし方ないにしても、他の三つの嫌悪感はいささか八つ当りぎみで、妥当性を欠いているように思われた。

私はなにも熊本の肩を持とうというのではない。読者に八雲の直面した時代の特殊性と彼のジレンマに深く目を向けてもらいたいと思うのである。また彼の直情的な発言にまどわされることなく、八雲の熊本発見のありようを彼の作品と書簡のうちに仔《し》細《さい》に辿っていくことが、彼のような気質の芸術家を見直すための大事な作業のように思われるのである。荒木氏は、八雲が熊本を嫌った理由をこう語っている。

ヘルンが熊本について期待はづれだったのは気の毒でもあり、やむを得ないことでもあった。

……熊本は元来は古雅な城下町であったものを、明治十年の兵火で町の大半が焼かれたために、古い社寺もその時焼けてしまったのだから致し方はない。

敬神の風儀にしても、神風連の一党が憤死ののちにまたその道統をつぐ者も少なく、次第にうすれていたにちがいない。

されば、ヘルンが熊本に神ながらの日本、古雅な風俗をもとめてもとめえられなかったのであろう。

〈失われた日本を求めて〉とは、八雲の熊本時代以後の主要なテーマとなった感が深い。西南の役で焼け野原となった熊本には、松江のように彼を満足させる〈地霊〉がもはや息づいてはいなかった。たしかに熊本との出会い方は、八雲にとっても、熊本にとっても、不幸なものであったかもしれない。八雲の熊本時代が、一般に幻滅の時代といわれるゆえんである。

とはいえ、八雲は、熊本において、見るべきものはしかと見ていたといえる証拠がいくつかある。たとえば、『東の国から』（一八九五）の「九州の学生とともに」「生と死の断片」「石仏」などは、非常にすぐれた、質実剛健を以《もっ》てする九州魂（もっこす）、熊本人の心性の研究エッセイである。

九州魂、もっこすの具現者として、八雲が神とまで崇拝した漢文教師秋月胤永《あきづきかずひさ》に、また文武両道に秀でた五高の校長嘉納治五郎に、親しく接することが出来たのは、熊本時代の日本人の精神性の研究の上でも、大きな収穫といってよかった。

一方、熊本時代の八雲には、終始、お雇い外国人教師の身の覚束《おぼつか》なさがつきまとっていた。外国人排斥や富国強兵の風潮に不安を覚え、文部省の教育方針にも友人への書簡でしきりと不平と不信を訴えていた。彼の住居の隣に住むカトリックのフランス人宣教師コールが、しばしば彼を偵察のためか訪ねてきて、八雲をうんざりさせたという逸話も残っている。

そして三年後、八雲がなぜ熊本を去ったかについては、さまざまな憶測が囁《ささや》かれた。しかし八雲が熊本を去ったのち、西田千太郎宛に熊本に好意的な手紙を出していたという事実にも、触れておいた方がよいだろう。


セツは熊本でいくつかのよいものを発見しました。彼女は、百姓、小さい商店経営者、行商人及び商人もまた、非常に正直で、実直だと言います。

これは九州人が自ら抱いている意見――粗野ではあるが、正直である――をますます強固にするでしょう。

あなたは九州を非常によく思っておられるので、私は九州に関してできる限り、よいところを見つけようと思います。(一八九三年八月十六日付)

この西田宛の一通の手紙は、いうまでもなく、八雲自身の熊本再発見を表明する言葉に他ならなかった。さらに後年、八雲は日本認識を深めることのできた熊本での三年間を回想して「文学的修行のためにはまたとない時期であった」とまでいっている。松江時代と比べても、熊本時代は、八雲にとって決して無意味な、また無視されてよいような時代ではなかったのである。

第二章　教育者としての小泉八雲――想像力・共感・非個性

1　教育への情熱

日本人の非個性への洞察

小泉八雲は来日した年の一八九〇年九月に島根県尋常中学校と師範学校を振り出しに、生まれて初めて公立学校の教師をした。そこでは一年三ヵ月間勤め、その後、九一年十一月には、熊本第五高等中学校に転任した。そこでは、三年ほど教えていた。松江・熊本時代を扱った作品集、『日本の面影』（一八九四）や『東の国から』（一八九五）には、八雲の学生思いの、実に心温まる教師像を伝える二篇の好エッセイ、「英語教師の日記から」と「九州の学生とともに」が、それぞれ収められている。

この二篇は、彼の教師ぶりや当時の学生の勉学ぶりと生活状況がこと細かに記録されており、彼の作品の中でも、別種の味わいをもつ作品である。そういう意味で、「英語教師の日記から」と「九州の学生とともに」の二篇は、八雲が学生と親しく接することによって、以後の日本人研究を深めてゆく端緒を作ることが出来た、もっと重視してよい貴重な作品といえる。また当時の、一地方都市の教育の現場を生々しく再現してくれているという点からいっても、資料的価値の高い記述に満ちている。

この二つのエッセイのおもしろさは、新米教師八雲が、日本人のメンタリティの内奥をさぐろうと努めながら、英作文教育を中心に据えて、学生の自由旺盛《おうせい》な想像力を引き出し、養おうとしているのが伝わってくるところにあろう。

しかしながら、松江時代の「英語教師の日記から」に描かれているように、日本の学生を教えていて戸惑わざるを得なかったのは、彼らの個性のなさ、非個性であり、型どおりのものの考え方であった。次に引く一節には、八雲の教室での率直な戸惑いが表明されている。

日本の学生の英作文を見ていて、わたくしが最も不思議に思ったことは、学生たちの作文に、個人的特色というものがまったくないということであった。二十篇の英作文の筆蹟までが、不思議なことにどれも似ているのである。そして、この通例の型を破るほどの例外的な英作文は、まずほとんどないといってよかろう。

（「英語教師の日記から」第十四章）

来日した西洋人のほとんどが、例外なく日本人の個性のなさを指摘している。例えば、きわめて斬新《ざんしん》な発想で書かれた『極東の魂』のパーシヴァル・ローウェルにしろ、日本にまつわるさまざまな事例を網羅した『日本事物誌』のB・H・チェンバレンにしろ——二人とも学風は対極的であるが——日本人の〈非個性〉には理解を示すことはなかった。八雲も、日本人の個性のなさをはじめは憂慮すべきものと考えていたことは否めない。

さらに九州・熊本時代には、松江の温順な学生気質と異なり、熊本五高生の〈九州気質〉とでもいったらよいような一種の無骨さに面食らったといわれている。八雲は、それでも九州の熊本五高の学生たちに英作文を書かせるうちに、日本人の情操や思考法といったものをいっそう深く把握するようになっていった。次の言葉は、その証左となるだろう。

……最近になって、わたくしは、この一見うわべに見えるものよりも、さらに深く心をひかれるような内面的なもの——つまり、情操的な個性のひらめきをそれとなく暗示する底《てい》のものを、おりにふれて見るようになってきた。それは、生徒との時どきの対談のなかからも得られたが、それよりもとくに目だったのは、生徒の作文の中からえたものが多かったことである。英作文に出した題が、時によって、思いもかけない思想と感情の花を咲かせることがあったのである。（「九州の学生とともに」、平井呈一訳）

松江時代の八雲には、右の「九州の学生とともに」のような日本人の非個性性への理解は、まだ生まれてはいなかったといえる。しかし、八雲が日本人の非個性のよって来たる原因を理解したとしても、彼の不安は拭《ぬぐ》えなかった。ハーバート・スペンサーの進化論の熱烈な信奉者であった八雲には、こうした画一的な思考力しかもたぬ若者たちが、近代に向かって、いわば歴史の進化過程にある新日本を担っていけるかどうか、心中、大いに危ぶんだにちがいない。

また、西洋列強がどのような国力と支配力（軍事力）をもって世界に君臨してきたかを、不幸な幼年・少年期を通じて体験してきた八雲としては、日本の青少年の個性のなさや想像力の欠如、西洋人に比しての体格の脆弱《ぜいじゃく》さに貧寒たるものと危機感を感じていたであろう。

それゆえ、八雲が日本の中等・高等教育の緊急課題に想像力の涵養《かんよう》を中心に据えたのは、理解できる。しかも、彼の日本の若者に対する危惧《きぐ》は、もっと弾力性に富んだ思考の力を養えとか、芸術・文学一般を味わい理解するための感受性や審美眼を育《はぐく》むべし、という方針だけに留《とど》まるものではなかった。彼の心配の根底には、日本が西洋列強の属国にならずに、いかにそれらに伍《ご》してゆけるかという国家的な課題を含むものがあったと思われる。

来日当時、八雲の持ち前の、実に強固な〈文化的保守主義〉は、日本の古い文化伝統をいわば無条件に愛《め》でるという反時代的姿勢を取りがちであったことは否定できない。この限りにおいて、〈新日本〉を背負う世代を育成しようとする明治政府や文部省や学校関係者にとって、お雇い外国人教師八雲は、日本の旧態依然の文化を愛でる、反時代的人物と目されかねない側面を持っていたのではないかと思われる。彼は教育者としてこの矛盾を感じ取っていたにちがいない。

教育における〈想像力〉の価値

たとえば、松江に来て早々の二ヵ月目に島根県教育会総会で英語で行われた講演「教育における想像力の価値」（一八九〇年十月二十六日）は、教師としての八雲の将来を予測する上でまことに恰好《かっこう》な素材といえる。また当時、この講演が島根県尋常中学の教頭西田千太郎の通訳を介してではあるが、土地の有力者や教育者たちに大いに感銘を与えたといわれている。

この人気は、単に外国人教師八雲を珍しがってのことだけであるとは考えられない。ほかに確固たる理由がなければならない。彼の講演が、当時の国情――国家主義や軍国主義、排外思想の台頭――を背景にして行われた点も、考慮に入れてみなければなるまい。

ただ不思議なことに、八雲の想像力を重視する進化論的教育観と、国の考える近代的な教育の方向性に、奇妙な偶然の一致が見られたのではなかろうかと想像される。つづめていえば、八雲講演の受けのよさは、彼と国家的な文化的保守主義（この場合は、日本側の一種の排外的保守主義であったが）と進化論的発想（明治政府は、〈新日本〉の行く末に国の命運を懸けざるを得なかった）とが、たまたま共鳴し合ったにすぎなかったのではなかろうか。

この講演の一部をここに紹介するのは、八雲が松江でよく受け容《い》れられた理由の一端を示すだけではなく、若い世代への教育に対する彼の真摯《しんし》な思いがよく伝わってくるからである。松江・熊本・東京での教師生活を通じて、なぜあれほど熱心で誠実な教育の実践が可能であったのかが、多少なりとも理解出来るのではなかろうか。しかも、この講演の一部から、近代日本の将来に対する八雲の先見性を見て取ることも、可能であろう。少し長いが、八雲の想像力を重視した講演の一部を紹介してみたい。

この想像力が芸術及道徳の上に如何《いか》なる関係を有するものであるかを究めるのに、ハーバート・スペンサーの進化論に依ると、生物は漸化《ぜんか》の傾向を有し、単に形態上のみならず精神にも及ぶものでありますが、此の精神上の漸化あればこそ、同感の情及其他高尚優美なる種々の情操を生じ、随《したがつ》て是等《これら》の情操は、一国の文明を増進することが出来るのであります。

我々は斯《かか》る心の漸化を想像と呼びます。換言すれば、自己の思う処を脳中に明瞭に抽象すると云うことであります。

昔の教授法は、唯《ただ》事柄のみを教えることであったが、是れは何の実益もないことである。想像力と共に諄々《じゅんじゅん》と教え込むのでなければなりません。単に事実との関係だけでなく、事実の因って起る所以《ゆえん》及其由来をも併せて研究しなければなりません。併も是等の関係を知るには、勢い想像力即ち心に描いて顕《あら》わし出す能力に拠らなければならないのであります。

まことに近代の学術は想像力を必要とすること実に多く、若し我々が想像力を欠いて居れば、真の学術研究は到底なし得べき限りではありません。

然《しか》らば此大切な想像力を養成するには如何《いか》にしたらばよいかと云うに、私は生徒をして容赦なく質問をさせるよう奨励《しょうれい》することが最も重要であると思います。生徒の質問は教師に取って生徒がどの程度に学科を覚えて居る又どんな結果であったかと云ふことを知るバロメーターとなるものであります。

故に生徒が質問をした場合には、丹念に応答しなければならないことは勿論《もちろん》のこと、若《も》し応答が出来なければ、其の様にありの儘《まま》正直に返答することが教師としての義務であります。

……同感と想像とは猶日光と植物の如く教導と想像とは猶雨露の樹木に於ける如く密接なる関係を有するものであります。（講演「教育における想像力の価値」根岸磐井『出雲に於ける小泉八雲』所収、八雲会発行、傍点引用者）

長々と八雲の教育観の根本ともいえる講演録の一部を引用したのは、彼の思想や文学観をよく伝えていると思われるからである。この教育観は、松江時代から東京帝国大学・早稲田大学時代に至るまでほぼ変わることがなかったと思われる。「私の教授法としては、全面的に私の生徒の想像力と情緒に訴えることに基礎を置きました」と、講演二年後の一九〇二年九月に、アメリカの友人エルウッド・ヘンドリックに手紙を書いたことがあったが、八雲が、実践の上でも、講演内容を地で行く指導を行っていたことがうかがい知れる。

講演「教育における想像力の価値」の中で、八雲が「心の漸化」といっているのは、重要である。それは情操の発達のことを指している。しかも、ここでさらに重要な点は、情操の発達による「想像力」の増進というものが、文明の進展と結びつけられている点であろう。したがって八雲の論点が、あたかも近代化を急ぐ日本の国家的急務に応えているかのような印象を――おそらくは八雲の真意とは別に――島根県の教育者や識者に与えただろうことは、想像にかたくない。

また後半の段落にある「然らば此大切な想像力を養成するには如何にしたらばよいかと云うに、私は生徒をして容赦なく質問をさせるよう奨励すること」云々《うんぬん》などは、まったく西洋流の個人の発想と発言力を重視する教授法の伝授といってよかろう。

そして、教師たる者は、「同感」sympathy と「想像」imagination をもって学生に対すべきだという。この「同感」(「共感」と訳すべきであろう) と「想像」(これも「想像力」と訳すべきであろう) の二語は、八雲という人格を理解する上でキーワードである。途中、教職から離れた二年間の神戸時代があるにしても、彼はこうした一貫した姿勢を十二年間の教師生活において守り続け、教えることに熱中したといってよい。

日本での創作活動を予告

八雲の驚くべき遂行力と持続力、見通しのよさ (日本政府が八雲の教育に何を期待しているかを洞察する眼力) などが、先の講演「教育における想像力の価値」に顕著にうかがえたわけだが、またこれと関連して思い出されるエピソードがあるので、紹介しておきたい。

それは八雲が来日を控えて、友人のジャーナリスト、ウィリアム・パットンに宛てた一通の手紙についてである。この手紙も、八雲の先見性や日本に対する並々ならぬ関心を証《あか》し立てるものであるが、日本での創作における精進ぶりを知る八雲の読者には、はなはだ暗示的な内容をもっていると思われる。

彼は、日本での取材旅行のきっかけを作ってくれた『ハーパーズ・マンスリー』誌の美術主任パットンに、次のような詳しい著作プランを書き送っているのである。少し古めかしい訳文だが、弟子筋の田部隆次《たなべりゅうじ》の訳で紹介してみよう。

パットン様

日本のようにそんなによく人の行く国に関して書物を書こうとする場合に、——そんな事をしようとするのは賢明でないでしょうが、——全然新しい事を発見しようなどとは望めません。ただできるだけ全然新しい方法で考える事だけです。私はできるだけこんな書物に生気と色を入れてみたい。そして旅行者あるいは学者や他の記者が書くような報告や説明よりは、むしろ読者に生きた感覚を与えて見たい。

……こんな書物はその故大概《たいがい》は——一篇ずつが特殊の人生を表わす短い随筆集になりましょう。いよいよこの実地を踏んでみなければはっきりした計画もできないが、この書物の一部になると思うような題目を試みに書いてみます。——多くは、私の信ずるところでは、これまでの日本に関する通俗的な書物にはない物です。

「第一印象、気候と風景、日本の自然の詩的分子」「外国人にとっての都市生活」「日常生活における美術、美術品に対する外国影響の結果」「新文化」「娯楽」「芸者及びその職業」「新教育制度、　——こどもの生活——こどもの遊戯等」「家庭生活と一般家庭の宗教」「公けの祭祀《さいし》法——寺院の儀式と礼拝者のつとめ」「珍しき伝説と迷信」「日本の婦人生活」「古い民謡と歌」「芸術界における——日本の古い大家、生き残ってあるいは記憶となって与えている感化、日本の自然と人生の反映者としての勢力」「珍しき一般の言語、日常生活における奇異な言葉の習慣」「社会的組織——政治上および軍事上の状態」「移住地としての日本、外国分子の地位等」

しかし本当の章の名はなるべく日本的に、全然風変りな物にしたい、そして全く論文調にはしたくない。問題をそれに関係ある個人経験から論ずる事にしたい、それに関係ある平凡な話に類する物は、注意して除く事にしたい。（一八八九年十一月二十九日付、ニューヨーク、田部隆次訳、傍点引用者）

この八雲のパットン宛の手紙は、八雲が日本に発《た》つおよそ四カ月前に書かれたものである。ここには紀行作家としての民俗学的な方法と自負が吐露されているといえる。しかも驚くべきことには、そのプランの大半が、在日十四年間に果たされたと思われることである。いちいちそのプランに対応する実際の作品名を挙げることは、造作のないことであろう。亡くなるまでに著わした日本時代の「読者に生きた感覚を与えた」十数冊の書物が、そのことを証し立てているといえよう。それらの作品群は、たしかに「風変り」で、「全く論文調」ではないものがほとんどだ。

八雲は、この長い手紙の中で日本での著作プランを個条書きし、それを論文調の書きものにしたくない由を言明した後、印象的な言葉でこう結んでいる。

「読者の心に日本にいるようなはっきりした印象——観察者となるばかりではなく、さらに一般の人々の日常生活の仲間入りをして、彼等の思想で考えているような印象を残す事に努めるのです。できるだけ、話は少なくとも短篇として面白いようにできるでしょう。……それから私の滞在の終りの頃に、日本人の感情を描いた小説を作ってみたい」と語っている。

この文面は、八雲の『日本の面影』以後の著作の基本的姿勢を表明しているといってよかろう。さらに短篇や小説についての発言などは、再話ものの作品、とりわけ『怪談』や『骨董《こっとう》』、『心』の中の短編小説仕立ての物語の数々のことを予告しているように読める。

八雲は、日本時代においては、いわゆる近代小説らしい小説は試みることはなかった。しかし、晩年の『怪談』や『骨董』は、間違いなく八雲の最高傑作の一つに数えられるし、『心』の「ある保守主義者」「あみだ寺の比丘尼《びくに》」「ハル」「君子《きみこ》」などの秀作は、再話的要素はむろんあるにしても、「日本人の感情を描いた小説」と称することも出来るのではなかろうか。

一八九〇年の来日以後十四年間、教育者として、創作家として、あるいは両者を両立させる者として、アメリカ時代に別れを告げ、日本で再出発をはかった八雲にとっては、このパットンへの書簡も、先の松江での講演も、まことに日本時代のプロローグを飾るにふさわしい内容を盛ったものと読めるのではなかろうか。その後、日本での八雲の歩みを知る者には、これらの手紙や講演から、すでに十九世紀のモラリスト・八雲らしい、至純で赤裸々な魂の声を聞く思いがするであろう。

次に、なぜ若き日に大学にも進学せず、教職にも就いたことのない八雲が、前述したように、学生の立場に立った愚直なほどの実践的教育観を抱くに至ったのか、その背景について、もう少し立ち入ってみることにしよう。

イギリスのウショー校での痛ましき受難

私は、東京帝国大学で行った講義と創作の関連性について論じたいがために、いささか迂回《うかい》しながら筆をすすめてきた。彼の文学観や教育観が出来上がるまでのバックグラウンドを、多少なりとも知っておく必要を感じているからである。

ウショー校（ダラム市近郊）

それにはまず彼の幼年・少年期に、ヨーロッパで受けたカトリック教育への反発の大まかなありようを見ておかなくてはなるまい。この体験から、彼の終生にわたるキリスト教嫌いや、西洋批判の眼が形成されたと思われるからである。

実際、彼はどのような教育をその時期に受けたのか、そして、どのような精神的及び肉体的痛手を負ったのか。八雲の幼年・少年期は、両親（アイルランド人の父とギリシア人の母）と生き別れ、大叔母《おば》に養育されるという薄幸な人生であったが、彼の受けた教育も、偏向はなはだしいものだったと思わざるを得ない。八雲の少年期を辿《たど》ってみることにしよう。

八雲は、十二、三歳頃から十七歳までを、イギリスのダラム市近郊にあるカトリック神学校、ウショー校（聖カスバート校）で過ごした。八雲の述懐によれば、そこでは、いまわしい、厳格で、退屈なカトリックの教育を受けたという。しかし八雲は、それ以後は最高学府に進学せず、十九歳の時、単身アメリカに渡ったのである。

一八六三年の秋、八雲十三歳の時、敬虔《けいけん》なカトリック教徒である大叔母のサラ・ブレナン夫人の手で、イギリスのダラム市近郊のウショー校に入れられた。彼はこの学校には、一八六三年九月から六七年の十月まで、およそ四年間在学していた。これについては、私も実地調査（一九八七）を行い、八雲の在籍名簿や成績表などをつぶさに見てきたので明らかである。

八雲が退学した時は十七歳になっていたが、それ以後、公の教育機関に学ぶことはなかったと思われる。ともかくも、この時期にフランス語を習得したこと（仏語はかなり良い成績であったが、中でも英語は優秀であった）は、のちのアメリカでの新聞記者時代に大いに生かされ、彼はモーパッサン、エミール・ゾラ、フローベル、ボードレールなどの、アメリカではおそらく初のフランス作家の紹介や翻訳を、ニューオーリンズの新聞に掲載するという栄誉を担うことになるのである。

ところが、聖職者を養成するためのウショー校での生活は、惨憺《さんたん》たるものであったようだ。何よりも彼には、こうした教会学校は、威圧的で堅苦しく、醜悪に思われたようである。八雲自身は、ほとんど悲惨なウショー校時代について語ろうとしなかったが、ある時、東京帝大で講義をしながら、ウショー校で甘受した野蛮な校風について、つい次のようにもらしたことがあった。

「イギリスの学校生活は荒っぽいものだ。すこぶる荒っぽいのだ。感じやすい少年は、えてして非常に苦しんだ揚句《あげく》、ようやくこの奇妙な生活の規律に屈服することを覚えるのである」。（『文学の解釈』Ⅰ、傍点引用者）

　ウショー校での学園生活は、退屈な日課の中で宗教に対する八雲の反抗心を育てていった。しかし一方、友人たちの回想によると、なかなかの悪戯《いたずら》好きで、茶目っ気があり、また空想癖があったという。空想癖は彼生来のものであったとはいえ、おもしろ味のない学校生活からの逃避でもあり、またその奇妙な生活の規律に、ある意味で、屈服するための、年端のいかぬ子どものせめてもの抵抗であったと思われる。

　さらにウショー校時代、八雲が十六歳の時に、ジャイアンツ・ストライドという綱遊びの最中に、綱で左眼を強打し、失明するという事件が起こった。それゆえ、彼のポートレートは、すべて右半面の顔しか写っていない。幼年期の生母と生き別れた孤独ゆえに、しばしば〈もののけ〉にうなされるという恐怖体験と少年期のこの失明事件は、彼の内向的な性質を形成する要因となっていった。また、後年、文筆家として大を成すには、この二つの不幸な体験が深刻な影響を彼に与え続けたと思われる。

　私は、一九八七年の夏の薄ら寒い日、ダラム大学の今は亡き日本文学研究家ルイ・

アレン教授に、八雲が左眼を失ったウショー校のプレイグラウンドに連れていってもらったことがある。そして二人で、その砂地の殺風景なプレイグラウンドに立ち、往時の八雲の孤独と不幸を偲《しの》んだのであった。

八雲が少年期にイギリスで受けた教育は、逆説的な意味で、日本時代の彼の教師としての指導法に生きてくることになる。イギリス北東部のダラム市近郊のウショー校での多感な青春時代に、左眼の視力を失うという出来事は、何か彼が受けた歪《ゆが》んだ教育の痛ましさ、一つの受難と、私の眼には映る。いってみれば、八雲の素朴な学生の情動の流れと想像力を大切にしながらの教授法は、彼が精神的痛手を蒙《こうむ》ったヨーロッパでの宗教教育、厳格な管理教育に対する反動、反発と見なしてさしつかえないように思われてくる。

つまり、松江・熊本時代の英作文教育にしろ、東京帝国大学や早稲田大学での講義にしろ、あたかも八雲の魂の発する柔和な声が、学生の心に語りかけていた感が深い。この指導法は、いってみれば、生育期に教育的にも生活的にも辛酸をなめ尽くした孤独な人間にとって、初めて可能であったような、一つの信念に支えられた果敢な試みでもあったように、私には思われる。

2　教育における想像力とは何か

日本人の非個性

八雲の懇切丁寧な教師ぶりは、特に松江時代の「英語教師の日記から」(『日本の面影』)や熊本時代の「九州の学生とともに」(『東の国から』)などから顕著にうかがえる。しかも、この二篇はすぐれた日本人分析でありながらも、実に心温まる、八雲の教育日誌といった趣をもった作品といえる。

それに先に紹介した八雲の書簡や、大好評を博した松江での講演「教育における想像力の価値」及び教え子たちの回想、残された英作文の添削などを加えれば、ほぼ八雲という人物の教師像が浮かび上がってくるのではなかろうか。

八雲の教師像というものを一言でいえば、まず学生の学識レベルに立ち、学生の考え方や、彼らの想像力を引き出すことに巧みであったといえよう。さらにいえば、情緒にくるまれた平易な言葉でもって、学生の魂に訴えかける類《たぐい》まれな話法をもっていたゆえに、魂の教師という呼び方も、ふさわしいように思われる。少なくとも、こうした教師と学生の魂が向き合い、響き合う関係を、八雲の顰《ひそみ》にならって、教育の現場に復活させたいという思いは、教師たる者の心からの願いであろう。

さて、八雲が島根県尋常中学校と師範学校に英語教師として赴任したのは、日本到着の一八九〇年四月四日から数えて五カ月後の八月末である。そして実際、教壇に立ったのは、九月二日のことであった。彼は、初めは若き教頭の西田千太郎に助手を務めてもらいながら授業をすすめたが、すぐに学生たちとも打ち解けるようになったようである。

八雲の教え方は、非常に明快な、センテンスの短い、美しい英語を話し、丁寧であった。大事な単語は、あの女性的で丸みをおびた小さな文字で板書した。そして、またたく間に隻眼《せきがん》の教師は、生徒の心をつかみはじめていった。そしてお互いの心が通い合うにつれて、八雲は英作文教育を中心に据え始めた。

そこで八雲がまず突き当たった問題は、前述したように、日本人特有の非個性、個人的特色のなさであった。アメリカの女流評伝作家のエリザベス・スティーヴンスンは、『評伝ラフカディオ・ハーン』の中で、八雲の日本人学生への対応ぶりを次のように記している。

……素直な学生たちをよく知るようになると、ハーンは優しく、しかし強引に課題を与えはじめた。英語で短いエッセーを書かせるのである。新しい単語や熟語を使うだけでなく、正直に自分の意見を述べ、自分で考えることを要求した。ひとりよがりを適度に揺さぶられて、少年たちは生まれて初めて自分たちの感情や、日常の習慣や、身のまわりの思想を考えてみることになった。（遠田勝訳、傍点引用者）

この八雲の学生観察は、彼の日本人の心性の理解の出発点となった。と同時に、彼の日本における指導法の端緒となったとも思われる。ジャパノロジストとして八雲の先輩格に当たるパーシヴァル・ローウェルは、『極東の魂』（一八八八）の中で「もしわれわれにあっては、〈私〉が魂の本質を形成すると考えられるならば、極東の魂は〈非個人性〉であると言ってよかろう」と述べていた。来日早々の八雲の立場も、このローウェルの見方にきわめて近かった。

しかし、八雲は、ローウェルよりも日本人の〈非個性〉のもつ微妙さや、そのよってきたる歴史的背景をも理解するようになっていたと思われる。八雲は「英語教師の日記から」（第十四章）で、次のような注目すべき観察を行っている。

三、四、五学年の生徒が、わたくしのために、毎週一回やさしい題で、かんたんな英作文を書くことになっている。……日本の学生にとって、英語という語学がひじょうにむずかしいことを考えると、わたくしの受け持っている幾人かの生徒の思想の表現力は驚くべきものがある。かれらの作文は、たんに個人的な性格のあらわれとしてではなく、国民的な感情、いいかえれば、ある種の綜合的感情のあらわれとして、わたくしにはまた別趣の興味があるのである。

日本の学生の英作文を見て、わたくしに最も不思議に思われることは、そういう作文に、個人的特色というものがまったくないということだ。……もっとも、それだからといって、おもしろみが少ないというわけではないが、だいたいにおいて、日本の学生は、想像力という点では、あまり独創性を示さない。かれらの想像力は、もう何百年も前から、一部は中国、一部は日本で、すでにかれらのためにつくられてあるのである。（平井呈一訳、傍点引用者）

教育における〈想像力〉と教師の技量

従来の欧米のジャパノロジストのように、日本人の〈非個人性〉を劣ったネガティブなものととらえていない点は、さすがである。しかし一方、教育的見地に立てば、近代化といういわば歴史の進化過程にある、〈新日本〉を背負うことになる若い学生の想像力の欠如、その発想の紋切り型には、八雲とて内心大いに危惧《きぐ》の念を抱いたにちがいない。

こうした八雲の危惧は、一八九〇年（明治二十三）の着任早々の二ヵ月目にして、松江の島根県教育会で乞《こ》われるままに行った講演「教育における想像力の価値」によく表れていた。しかし、彼の心配とは別に、この時宜にかなった講演は、松江の識者たちに大好評を博し、八雲の評判は大いに上がったと伝えられている。

今日、八雲の英文の講演原稿は失われているが、幸いなことに根岸磐井《ねぎしいわい》『出雲に於ける小泉八雲』にその翻訳された要旨が載っている。先の「英語教師としての八雲」でも触れたが、彼の想像力を重視する教育観の骨子を知るために現代文に改めて、もう一度、要点のみを紹介してみよう。彼の教育的立場は、あくまでスペンサー流の社会進化論的な考え方に立脚するものであったことは、断るまでもない。

現代日本は過渡期であって、なお幾多の弊害を有しております。教育もまたその影響を免れ得ません。その弊害は日本の国民性に適合しない外国の教授法をそのままに移植し、欧米人の書物を使用している所から生ずるので、その結果として想像力の萎靡《いび》を来《きた》し、ただ記憶力のみに依頼するようになるのであります。

反対に教師が西欧の知識をよく咀嚼《そしやく》し、児童の資性に適するようになれば、かつて日本人が中国の文化を咀嚼同化したごとく、西欧の学術を改変して、全く自己のものとなすことができるでしょう。そして、遂《つい》には更に優越せる文明を創造して、西欧文化の輸入を俟《ま》たず、却《かえっ》て自己の文化を輸出し、彼等が与えたものよりも遥かに強力な度合を以て、西欧文化に影響を及ぼすことが出来ると、私は心密かに確信する次第であります。

初等教育の目的は、決して偉大なる芸術家、工業家、哲学者及び医師等を養成する所ではなく、ただ生徒の胸中に芽生えた才能を開発する所にあります。しかもかかる才能を誘致するにあたっては、教科書其他のものに依ってなされるものではなく、一に生徒の想像力を養成するためには、進んでその努力を教師の技量に俟つものであります。

一読して、学生の想像力の涵養《かんよう》と教師の指導力の重要さを説くあたりは、今日の情況にも当てはまるのではなかろうか。特に最後の段落の「初等教育の目的は、決して偉大なる芸術家……を養成する所ではなく」云々の説は、教育とは、良き市民の育成が主たる目的であるから、依然として教育上の今日的課題を提起しているといえよう。八雲の唱える〈文化的保守主義〉と、教育における想像力の強調とが、彼の中でなんら矛盾を起こしていないことに気がつかれるであろう。また、おそらく八雲の真意に反して、彼の個々人の想像力や個性を重視する教育観が、〈新日本〉をめざす明治政府の教育方針とも不思議な一致を示していることに気づかれた読者もいるであろう。とまれ、百二三十年も昔に、日本に八雲という一人のイギリス人教師がいて、肉体と感情の要求が、純粋知性の要求に先行するというハーバート・スペンサー流の学習理論を実践していたことの意味を、もう少し追ってみることにしよう。

「教育における想像力とは何か」と問う場合、私は八雲がチェンバレンに宛てた手紙の一節、「結局、教育の問題はことごとくスペンサーの有名な金言に帰着するのです——すべて、教育の目的は、ひとえに良き父と母を作ることであるのです」（一八九三年四月十三日付）を思い出す。八雲の教育観を考える場合、この手紙の一文は、きわめて重要である。教師と学生の関係は、親と子のそれと類推《アナロジー》されていたと思われる。八雲は同時に作文教育という実践を通じて、教師と生徒のあり得べき理想的な関係を、つまり魂の深い触れ合いを考えていたと思われる。教師と学生の関係のあり方はまた、親と子の魂の向き合い方と同様に、同じ響き合い、共鳴音をもつものだと考えていた。つまりその関係は、教師と学生間の、親と子の間の ghostly（霊的）なものの響き合いを意味していたのである。

　したがって、教育者八雲は、人間の〈想像力〉の発現というものを、教師と生徒の両者の魂をつなぎ、響き合わせる学校教育という磁場に、引き寄せて考えていた人物であった。そういうことが可能であったのは、彼自身が第一に物語作家であり、生来の語り部であった点は無視できない。教育の場が彼の想像力をいかんなく発揮できる、まことに稀有《けう》な一つの実践の場であった。八雲においては、実に不思議なことに、学校教育の現場と創作活動が、一つに結びついていたのである。

なぜ松江を去ったのか

しかしながら、八雲が、たった一年と三ヵ月の教師生活で、なぜあれほどまで愛した松江を去ることになったのか。その理由については、熊本の場合と異なり、彼自身の理由がきわめてはっきりしていた。

二十年に及ぶ新聞記者としての滞米生活を経て、四十歳になってからようやく八雲は、日本において初めて家庭を持つ身となった。しかも、妻節《せつ》以外に一挙に妻の父母と養母、祖父、お手伝いさんを含め計九人もの家族を養うことになったのである。

しかし、不思議なことに、両親の離婚と死別のため、幼い頃から家庭の味を知らぬまま育った八雲にとって、日本人の大家族をかかえ込んだことは、苦痛というより、彼の長い孤独を癒《いや》す不思議な心理作用を彼にもたらした。そして八雲は、その大家族の生活維持のために、最愛のまち松江を去ることを選んだのである。彼の長からぬ生涯において、松江ほど、彼をよき市民、教師、作家として受け容れ、温かく遇してくれた都市はなかったのであるが――。

松江を去ったもう一つの理由に、アメリカ南部の生活が長かった八雲にとって、松江の冬の寒さが大いに身にこたえたことが挙げられる。寒さにからきし弱い八雲は、もっと日本の南へ行きたいと思っていた。暖かい土地で、もっと給料の高い職に就きたいと考えたのである。

転職の理由はこのようにきわめてはっきりしていた。その転職希望を、彼は当時東京帝国大学で言語学を教えていたイギリス人の日本学者B・H・チェンバレンに手紙で訴えた。するとしばらくして、チェンバレンから「南へ移れる好機」を伝える手紙が、八雲の許《もと》に届いた。このチェンバレンの手紙の文面は、苦境に立たされることになる八雲の熊本時代のプロローグを飾るにふさわしい、まことに象徴的な内容となっている。

親愛なるハーン様

今日は、二、三日前に頂いたお手紙に関してご返事申しあげています。熊本高等中学校校長で文部省参事官を兼ねるJ・嘉納《かのう》氏が、熊本五高の英語教師の職（たぶんラテン語も少々担当することが要求されましょう）をあなたに提供してくれることになっています。

——月給二百円で住居つきですが、赴任旅費は支給されません。授業時数は一日最高五時間で、もちろん日曜の授業はありません。現職の教員がしきりに交代を望んでいます。熊本県当局の要望に応えるには、できるならば、あなたが今月末に彼地へ行ってくださると一番有難いのです。

……………………

さて、一友人としてお願いするのですが、それは、どうかこのたびの申し出を安易に断ることはなさらないようにということです。熊本は、出雲とはまた違った風にですが、出雲に劣らず興味深い日本の一部分をあなたに見せてくれるでしょう。

気候もずっとおだやかでしょうし、あなたをいつまでも「旧《ふる》き日本」“Old Japan”に住まわせてくれましょう——と申しますのは、当地の薩摩《さつま》びとたちはこのうえなく保守的なのですから。

総じて——熊本はあなたの現在のポストに比べて、健康のためにも良いはずですし、あなたが近い将来、出版なさるご著作をいっそう価値あるものとするうえでも、熊本はお役に立つはずです。

真にあなたのものなる

B・H・チェンバレン

実に親切な思いやりのこもった文面である。一年数ヵ月前に松江の尋常中学・尋常師範学校に職を斡旋《あっせん》したのもチェンバレンであったし、このたびの熊本行にも、右の手紙からも明らかなように、彼の文部省への口添えが大いに力を発揮していた。ついでにいえば、八雲を後年、東京帝国大学に呼ぶのに尽力したのも、チェンバレンであった。後年、二人は不仲になったとはいえ、日本時代の八雲の人生の転機には、いつもチェンバレンが手を貸している。

この手紙を受け取った八雲は、妻節と共に一八九一年（明治二十四）十一月十五日、松江を発つことになる。熊本第五高等中学校での俸給は、松江の尋常中学・師範学校の倍額で、二百円という高給であった。彼は「さようなら」（『日本の面影』）という感動的な章で、松江からの去りがたさをはやくも懐旧の情をこめて、次のように書いている。

私ははるか遠くへ旅立とうとしている。すでに教職は退き、今は旅券《パスポート》がおりるのを待つばかりだ。
懐かしい顔が幾人も消えた今となっては、この地を離れる名残惜しさも薄れつつある。半年前では、そうはいかなかったであろう。それでも、この古きよき町にあまりにもなじんでしまっているから、もう二度と見なくなるとは考えたくもない。いつの日か、この木陰の多い北堀町の愛しの古い家に帰ってくるかもしれないと、必死で自分を納得させているところだ。しかし過去の経験から、永久の別れを前にすると、とかくそういう想像をしがちだということは、痛いほど承知している。

正直なところ、この神々の国ではすべてが無常であること、冬が厳しいこと、そして、雪のめったに降らない、遠い南の九州の大きな官立学校から招きがあったということ――これが事の次第なのだ。ここではずっと体を患っていたので、穏やかな気候への期待が、私の決断に大きく作用することとなった。

教育者としての苦悩

しかし、移り住んだ熊本という土地は、一言でいって、八雲の気に入るところとはならなかった。たしかに熊本は、彼に日本の興味深いある側面を、つまり、チェンバレンの思惑に反して、〈旧日本〉と〈新日本〉の相克という局面を示しはしたのであるが――。実際、一八七七年（明治十）の西南の役で焼けて無残な姿をさらす熊本には、八雲の関心をそそるものが、松江と比べると少なかった。

冬は厳しく夏は暑い、いわゆる大陸的な熊本の気候にも悩まされた。古い面影を失った町並みには、失望を禁じ得なかった。

とはいえ、それでもモッコスという熊本人気質《かたぎ》、五高の生徒の英作文、家を訪れる哀調を帯びた門付《かどづけ》の声、あるいは立田山《たつたやま》のふもとの小峰墓地の石仏などに題材を求めながら、日本人の心の研究は着実にすすめられていった。

しかしながら、熊本が八雲をいつまでも「旧き日本」に住まわせてくれましょう、という先のチェンバレンの手紙の予測は、ものの見事にはずれてしまった。八雲は、「旧き日本」に住まわせてくれぬ熊本に幻滅を覚えたが、しかし逆に、その失意ゆえに、彼は新日本＝近代日本に曇りなき批判的な目を徐々に向けはじめるのである。

八雲は、着いて間もない熊本の様子を、チェンバレンに追伸で次のように報告している。とりわけこの手紙には、後で八雲がさらに一層深刻なかたちで直面することになる熊本五高での「教科書問題」がすでに提示されている。三年後に熊本を去る理由の一つに、この「教科書問題」がからんでいたことを思えば、この熊本の第一印象を伝える手紙は、はなはだ暗示的である。

一八九一年十一月　熊本

追伸。……三日教壇に立ったところですが、学生たちは出雲と何ら変わるところはありません——穏やかで、礼儀正しく、男らしく、また熱心です。しかし教科書には、ほとほと閉口してしまいます。書物が十分に無く、その選択された読本といったら、ここの学生に不適なることはなはだしいものです。ほとんど英語を話すこともできない生徒たちのテキストが、ジョージ・エリオットのあの長ったらしい重畳的重・複文の半哲学的文章で書かれた『サイラス・マーナー』や『ジョン・ハリファックス』であることを想像してみてください！　宣教師が選んだのです！

おお、古き日本の神々よ！　文部省は間違った方向で金を倹約していると思います。良い読本ならいくら金を費やしても、金のかけ過ぎにはなりません。建物にかける金を切りつめて、書物にもっと金をかければ、よりよい成果が上がるでしょう。（傍点引用者）

右の手紙からもうかがい知れるように、熊本時代の八雲の書簡には、松江における旧き佳き日本に対する賛美とうって変わって、近代日本＝新日本——熊本における急速な近代化と軍国主義化への道——への批判と呪詛《じゅそ》が、一つの基調となって流れている。熊本時代に至って、八雲の中に近代日本への批判精神が、つまり彼の文明批評家的側面が、強く頭をもたげはじめるのである。

さらにこの手紙からは、まことに今日的な教科書問題（良い教科書の不在）のみならず、それに対する文部省の対応の無能ぶりを難ずる八雲の声が聞こえてくる。学生とついに親しく交わることもなく、カトリックの洗脳教育を施して去った前任教師エバー・クランミーを「宣教師」と決めつけ、当たりちらしたりしている。カトリック嫌いの八雲にとって、同国のイギリス人やアメリカ人を「宣教師」あるいは「宣教師の回し者」「ぺてん師」などと呼ぶことは、最大級の蔑称《べっしょう》に他ならなかった。八雲は、西田千太郎宛書簡で前任者クランミーについて、次のように語っている。

前の教師は、宣教師で、ご多分にもれず、ぺてん師でした。驚いたのは、生徒の全員が作文や会話の訓練をまったく受けていないことです。この男は要するに授業をさぼっていたのです。

採用の条件により布教が禁止されていたので、嫌気がさして辞めていったのです。私は前任者の不人気と闘わねばなりません。しかし、そのことは、間もなくうまくいくでしょう。（一八九一年十一月三十日付）

八雲は、キリスト教の伝播《でんぱ》がかえって伝統的な日本の価値体系を揺るがすものであると考えていた。彼は、〈旧日本〉の文化伝統がその〈キリシタン禍〉にわざわいされぬことを祈らざるを得なかった。

教科書問題と英作文教育

八雲は西田千太郎宛の手紙で「授業は松江ほど楽ではありません……しかし学生は非常によく、理想的に優良です」（一八九二年六月二十七日付）と報じてはいる。ところが、実際のところ、松江の生徒より年長の学生たちは大人びていて、西洋の学問はよく身につけはするが、頭は固く、心は冷たいように思われた。

そして続けて「私は今学期一週間に二十七時間の授業があり、全部教科書なしで教えました。そのために授業は一層つらいものになりました」と伝えている。八雲は、初めに約束した二十二時間より多く授業を持たされ、ラテン語やフランス語まで教えなければならない羽目になったようだ。学生の英語の聴き取りと会話の能力も、きわめて貧弱なことが分かり、授業に相当の工夫をしなければならなかった。

学校から与えられたジョージ・エリオットの作品などの教科書は、八雲には学生たちにとって有害、無益と思われたから、原則としてテキストに沿って教えるやり方をやめた。そして、初級クラスには英作文と会話を課し、上級クラスには会話に加えて英文学の講義を行った。

このような自由なやり方ができたのも、八雲が心服していた校長嘉納治五郎《じごろう》のお陰であった。しかし、八雲の肉体的消耗度は、かなり激しいものであった。まる一年が過ぎた後も、八雲は教科書なしで教えていた。相当の準備と労力が必要であったが、この授業方法だと、学生の心に直接訴えかけることが出来ることはたしかであった。八雲はふたたび松江にいる西田千太郎に宛てて、この経験を語っている。

私の授業についてですが、まだ教科書は一冊ももらえません。まったく自分の口とチョークだけを使って教えているわけです。とはいえ、授業時間の短さを考えあわせると、このやり方が最もよいと確信しております。

肝心なことは、生徒が書物の助けを借りずに、自分の考えを英語で表現できるようにしてやることなのです。(一八九三年一月十五日付)

八雲はよく英作文を五高の生徒に思いのままに書かせることを試みた。そうすることによって、彼らのいわゆる質実剛健さを以《もっ》て鳴る「九州気質」を理解しようと努めたのである。こうした授業上の工夫で、作文教育と自らの創作とを結びつけることに腐心した。九州は日本でも西洋の模倣を嫌う土地柄で、古《いにしえ》の士族の魂が生きており、学生の気質も素朴ではあるが、豪胆であると思った(「九州の学生とともに」『東の国から』)。八雲が、英作文指導を通じて、いかに九州人の心と魂を探ろうとしていたかがうかがわれる。

したがって、熊本の保守主義、質朴簡素の風、奢侈《しゃし》贅沢《ぜいたく》に関する禁令などは、八雲の好む九州魂の伝統といってよかった。しかし、西南の役で焼け野原となった熊本自体は、八雲の眼には地霊の失《う》せた「だだっぴろい、まとまりのない、退屈な、見ばえのしない都」としか映じなかったようである。

それゆえ、彼は、見るべきもののない熊本に眼を転ずるよりも、九州の学生の心の内を授業を通じて探り続けたといえる。しかも、八雲の苦心の教授法は、英語を好まぬ学生をも魅了したようだ。授業の進め方は、よく知られている物語を、簡単な単語を使って書き変えさせたり、自然に思いのまま書けそうな作文の課題を与えたりしたのである。また八雲が口述した英文を書き取らせるという指導法も、八雲に適当な教科書がなかったために取られた手段である。

八雲自身はいつも良き教科書の必要性を痛感していた。八雲は一八九三年(明治二十六)にチェンバレンに、松江同様に公立学校における教授上の悩みと学生の自主性のなさ、そして適切な教科書がないことを訴えている。

私の苦役がまた始まりました。今年の授業数は週二十一時間です。毎年、学校当局は、私の実用的な授業を増やし、理論的なものを減らそうとしております。私には教科書がなく、新たに三つの会話のクラスを受け持ちます。

日本の学生に欠けているものが、ひとつあるように思われます――それは自主性です。……独創的な質問、独創的な提案、独創的な考え方は、めったにきかれません。（一八九三年九月十四日付）

八雲の文部省批判と外国人教師の立場――熊本から神戸へ

八雲の学生の想像力に訴えかける、教科書を用いない英作文や文学の授業は、学生の関心を呼んだけれども、学生の学力と興味に見合った教科書作りは、彼の教育者としての念願であり、急務であった。

次に紹介する一八九四年三月十九日付のチェンバレン宛書簡は、八雲のどの書簡集にも収められていないもので、八雲研究家の関田かおるさんの翻刻・解説によって初めて知るところとなった珍しいものである。八雲の文部省批判が強く打ち出されており、受取り人のチェンバレンが公表をさし控えたのもゆえなしとしない手紙である。その研究を参照しながら、内容に触れてみよう。まず、問題の八雲のチェンバレン宛の手紙を拙訳で掲げてみる。

親愛なるチェンバレン。――私が高等中学校の上級英語の教科書シリーズを編《へん》纂《さん》すべきである、と文部省に申請の準備をしている人物がおります。この計画は、いまだ胎児の状態です。事は可能なはずですが、いったい日本において実現可能でしょうか？

教科書がないのです。文部省の役人は、そのような編纂の仕事の意義について――つまり、必要な資力とか要する時間とか編纂者の報酬に対する権利とかについて――何の考えも抱いていないのではないかと思います。確かにそのような教科書のシリーズは、必要です。しかも私には、それを作ることが出来ます。と申しますのは、私はまさしく学生に何が好まれ、何が好まれないかを知っているからです。

――いやそうではなく、次の政変が起これば、この文部省当局が思いえがいているあらゆる事に戦いをいどむかもしれません。どうか、これらの問題のいずれかにお答えなさろうと心をわずらわさないで下さい。――ただ心の中にお考えをしまっておいて下さい。私があなたにはっきりと助言を求めるようなことが起こるやもしれませんが、目下のところ、それは言うまでもなく、まったくの夢です。

（一八九四年三月十九日付）

この未公開書簡から、学校当局が赴任後二年余を経た八雲に、教科書を編纂させようとしていたことが分かる。しかしそれにもかかわらず、八雲は、文部省が教科書作りの意義にいかに無自覚であるかを憂えている。結局、八雲が恐れた予見は当たり、彼の教科書の編纂計画は暗礁に乗り上げてしまう。関田さんは先の研究で「この書簡を書いた八ヵ月後には、八雲は熊本五高を退職して『神戸クロニクル』社に移っている。退職の理由は従来いくつかあげられているが、ひとつには、この教科書編纂の話が全く実現の可能性がなくなったことも、彼を退職へと決意させたのではないかと思われる」と推測している。

私も、八雲が熊本を去る内的要因として、この教科書問題は重要なファクターであると思っている。さらに八雲は西田宛書簡（一八九四年八月五日付）では、外国人の英語教師にもはや前途がなくなったことを告げ、すべてのお雇い外国人教師は次年の議会で追放の身となるであろうから、たとえ俸給が半額になっても、横浜か神戸で仕事をさがしたい、と書いているのである。この西田宛の手紙にも、八雲特有の被害妄想が頭をもたげているといえよう。

八雲がなぜ熊本を去ったかについては、さまざまな理由と憶測が挙げられている。つまり、契約切れ、日清戦争勃発《ぼっぱつ》による排外運動の高まり、授業時間の過重、嘉納治五郎の転任、同僚の英語教授佐久間《さくま》信恭《のぶやす》との不仲説等々である。松江を去った時の理由のように、八雲が熊本を去った理由がいま少しすっきりしないのは、八雲の置かれた時代情況と教育者として彼の抱える問題の複雑さゆえである。

しかし、この教科書編纂計画の頓挫を契機にして、八雲は公立高等中学校の教育者としての挫折《ざせつ》感を、嫌というほど味わわされたのではなかろうか。それゆえ、この一件が、八雲を教職ではない世界、つまりジャーナリズムの世界（英字新聞を発行する神戸クロニクル社）へと、追い立てたと推測されるのである。

しかしながら、当時の情勢からみて、八雲が書簡においてであれ「文部省の役人は、教科書編纂の仕事の意義について、何の考えも抱いていない」と述べたことは、かなり激しい官僚批判を含む発言と受け取られかねなかったであろう。チェンバレン側が、この私信の公表をさし控えた理由もうなずける。この手紙からは、八雲のきびしい立場に立たされた教育者としての苦境のみならず、元ジャーナリストとしての鋭い官僚批判の精神もうかがえる。

八雲の悩みをよそに文部官僚は、国をあげてもっと差しせまった問題に取り組まねばならなかったのである。つまるところ、「野党が国費の節減を叫び、帝国議会では官立学校整理案が審議され、高等中学校廃止論が議院の内外で論じられていた。それから一転して明治二十七年六月二十五日、『高等学校令』が公布され、全国で五つの高等学校ができたが、このような時期、文部官僚たちは教科書に関心をもつような余裕などなかった」（前出の関田論文）のである。

八雲は周囲の不穏な情勢を敏感に感じ取っていた。彼は、一八九四年十月四日、西田宛に熊本時代の最後の手紙を認《したた》めた。そして、もうこれ以上の「官立学校で受けた残酷な処遇」と文部省の「陰謀」とを避けるべく、重い病気にかかっているという公的口実を設け、逃げ去るように八雲は熊本を発ち、神戸へと向かったのであった。

もはや、そこには、かつての魂の触れ合いを尊ぶ教師としての面影は、残されていなかった。

3　語り部のかたりなす文学講義

八雲文学の二面性に眼を向ける――チェンバレンの八雲批判は妥当か

八雲という複雑で多才な芸術家を考えてみる場合、彼の著しくアンビバレンツな資質にいつも思い至る。それをあえて図式的にいえば、一つはジャーナリスト、文芸批評家、英文学教師としての透徹した認識者＝観察者の現実的な側面であり、もう一つは、その〈現実〉を透視したうえで、これをあえて反転させてしまうようなユートピアンとしての、あるいは幻視者としての神秘主義的な側面であるとでもいったらよかろうか。

もちろん、この八雲の二面性は、彼の作品において当然分かちがたい資質として表出されている。たとえば、初期の『異文学遺聞』『ユーマ』から、晩年の『怪談』『骨董』などを含む〈作品群〉を、八雲の二つの側面のどちらか一方の資質の発現によるものと決めつけてしまうことは、できない相談である。

なぜなら、この認識者と幻視者という八雲の資質の両極性、このアンビバレンツな資質の振幅と共存性といったものが、何よりも八雲の作品を八雲たらしめている魅力であり、本質であるからだ。八雲の醒《さ》めた認識者の視点（『心』や『神国日本』などの日本文化論の論理的文体）と、それをあえて反転させてしまうような彼の幻視者《ヴィジョネール》としての文体（たとえば、『日本の面影』の「東洋の第一日目」や『怪談』の「蓬萊《ほうらい》」などの痙攣《けいれん》的美文体）とは、一見矛盾しているように読者には思われるかもしれない。

私は、八雲におけるこの天稟《てんぴん》としての両極的な二側面の理解と受容が充分なされなかったことが、日本の近代文学の流れの中では、まともに八雲文学が評価されてこなかった一因ではないかと思っている。あるいはまた、八雲の日本文化や欧米文学のよき解釈者（interpreter）としての資質、あるいは、ジャーナリスト及び教師＝認識者としての側面が強調されたために、一個のすぐれた創作家、想像的《イマジネール》な芸術家としての側面が、実はあまり評価されてこなかったのではなかろうかとも推測している。

ところが、この私の見方にも矛盾が生じている。『怪談』という最も知られかつ読まれている晩年の再話集などは、八雲の後者の、つまり霊的世界への参入者、幻視《ヴィジョ》者《ネール》としての才筆に多くを負っている代表的な作品である。それにもかかわらず、皮肉なことに日本贔屓《びいき》の一外国人の手になる、日本の古い民話を英語に書き換えただけの軽い読みものとして、あるいは、せいぜい暑さを忘れるための夏の夜の娯楽読みものとして、読み継がれてきた感がある。

要するに、日本における八雲文学に関する誤解と誤読の原因は、この八雲の二面性のバランスのとれた受容がなかったことである。日本の文学風土においては、私小説的なリアリズムと自然主義という文学的制度ないしはドグマが、人間の〈真実〉であり、文学の〈本道〉であると受け取られがちである。そして日本人特有の私小説的なリアリズム信奉こそが、文学における〈倫理〉（モラル）そのものであると想定されがちであるように思われる。またそれゆえ、彼の文学は、リアリズムと自然主義の文学風土になじんでいる日本人にとっては、評価しづらい側面をもっていたのではないかと想像している。

八雲文学には日本人のみならず、欧米人の理解を超える縹渺《ひょうびょう》としたミスティックな側面があったこともたしかである。生前、八雲の創作及び生活上のよき助言者であったB・H・チェンバレンは、イギリスに帰国後出版した『日本事物誌』の第五版において、「ラフカディオ・ハーン」という項目を新たに設け、彼について驚くべき発言をしている。

彼の一生は夢の連続で、それが悪夢に終った。彼は、情熱のおもむくままに日本に帰化して小泉八雲と名のった。しかし彼は、夢から醒めると、間違ったことをしたのを悟った。彼の愛する日本は、今日の欧化された俗悪な日本ではありえず、むしろ、昔の日本、ヨーロッパの汚れを知らぬ純粋の日本であった。しかし、その日本はあまりにも完璧《かんぺき》な日本であったから、事実そんなものは彼の空想の中以外には存在するはずもなかった。

日本政府も同じように失望した。というのは、日本政府が彼を雇ったのは、ヨーロッパの世論がそのすばらしい近代改革に好意を寄せるように彼が努力してくれるものと信じていたからである。ところが、彼はその反対に、その近代化をののしってやまなかった。彼が突然死んだとき、事態はまさにこのような有様であった。

バジル・ホール・チェンバレン

この一節は、チェンバレンのきわめて辛辣《しんらつ》な八雲批判である。彼の八雲観は、いかにもイギリス人らしい実証的で経験主義的な学風を受け継ぐチェンバレンと、天性の芸術家で直観的な洞察力を有する八雲とが、まったく正反対の性格の持ち主であり、結局、終生相容れないものがあったことをうかがわせるに足る文章である。

チェンバレンは、アイルランド人の父とギリシア人の母をもつ八雲の欠陥を、もっぱら彼の夢想的な面に見ている。しかし、前述したように、むしろ彼の芸術家としての真骨頂は、こういう夢想的な想像力の発現にあったといってよかろう。この一文を読むと、同時代の日本人同様、言語学者チェンバレンも、八雲文学の本質を本当に理解していたのかどうか、大分怪しくなってくる。

チェンバレンが、八雲が日本のお雇い外国人教師として不適格者であり、反時代的であったことを指摘している点にも、注視してほしい。チェンバレンの厳しい八雲観は、極端ではあるが、むしろキリスト教的倫理観の下で教育された西洋人なら抱きそうな見方だとも考えられる。さらに「ラフカディオ・ハーン」という項目の続きをさらに読み進めてみると、チェンバレン自身の八雲への不満と非難は、たしかに西洋人一般の見方をも代弁しているようにも思われるのである。

彼の判断の中で、私が異議を唱えたいことがただ一つある。それは、彼が日本人を正しいと弁護する際に、絶えず彼自身の属するヨーロッパ人を悪者としているように思われることである。彼の物語に現われてくる悪人は、ヨーロッパ人である場合が多い。しかしながら、ヨーロッパ人は、自分のことは自分で始末をつけることができるのである。もしもこれが、かくも偉大な文学の天才に要求される代価であるとするならば、われわれは少なくとも不平を言わずにその代価を支払うべきであろう。

私たち日本人の眼から見ても、八雲には日本の美点を強調するあまり、いささか行き過ぎた西洋文明批判とキリスト教嫌いがあったことは、認めなければなるまい。今日でも、アメリカの日本文学研究者のドナルド・キーンや、イギリスの歴史小説家のパット・バーなどが八雲に点が辛いのは、こういった八雲の東西文化受容に対するバランス感覚の欠如によるものだといえようか。しかし、私見によれば、ここ二十年近く、欧米人の八雲評価は徐々に好転しつつあるように思われる。欧米にもようやく自文化を反省的に見直す気運が生まれており、日本文化への理解も少しずつだが深まってきているせいでもあろう。

創作家の文学講義

さて、本題に戻ろう。八雲の、そうした誤解を招きやすい天稟《てんびん》がより平易な語り口で語られている講義録とは、いったいどのようなものであろうか。話題をそちらへ移す前に、少し講義録出版のいきさつを記しておきたい。

『文学の解釈』（全二巻）*Interpretations of Literature* I, II は、八雲が東京帝国大学で一八九六年（明治二十九）から一九〇三年（明治三十六）まで行った主要な英文学講義（四十四篇）を編纂し、一九一五年にアメリカで出版されたものである。

その経緯は、当時八雲の学生であった大谷正信、田部隆次、内が崎作三郎、小日向定次郎《さだじろう》、落合貞三郎《ていざぶろう》、石川林四郎らの克明な講義の筆記ノートを基に——八雲は学生が充分書き取れるほどゆっくり、澄んだ美しい英語で講義をしたといわれている——まず、八雲文学の共鳴者であり友人であるミッチェル・マクドナルドという人物が、横浜のホテルの一室でタイプさせ、原稿を作らせたことにはじまる。

そしてマクドナルドが帰米した折、たまたまコロンビア大学のジョン・アースキン教授にその原稿を見せる機会があった。これがいたくアースキン教授を感動させたらしく、八雲の講義録出版の直接のきっかけとなった。そして一九一五年にアースキンみずから編纂した『文学の解釈』全二巻が、ニューヨークのドッド・ミード社から刊行されることになった。

すると、この二巻本の『文学の解釈』が予想外に反響を呼んだので、同じ編者によってさらに二冊の八雲の講義録が追加されることになった——一九一六年『詩の鑑賞』、一九一七年『人生と文学』がそれである。これらの邦訳は、恒文社版の『ラフカディオ・ハーン著作集』で読むことが出来る。

八雲東大講義録の出版は八雲没後十数年経ってからのことでもあり、極東の学生に平明に、ゆっくりと、やさしく語りかけた講義録がよもや海外で評判を呼ぼうとは、八雲の弟子たちにも、とくにその仲介の労をとった田部隆次や日本時代の八雲の最良の理解者であったマクドナルドにも、思いも及ばぬことだったのではなかろうか。八雲自身でさえ、死後にこうした形で続々と自分の講義録が上梓《じょうし》されて、欧米で反響を巻き起こすなどとは、まったく考えられぬことであったろう。

一九〇四年九月に八雲は亡くなるが、それ以後、生前に出版されなかったアメリカ時代の論説集や創作集、書簡集、また八雲が若い頃行ったフランス文学の翻訳書、東京帝国大学の講義録等が、一九三〇年代の終わりに至るまで、アメリカ、イギリス、日本で陸続と日の目を見るのである。

これをもってしても、当時、彼がいかに愛惜され、読まれ続けた作家であるかが証明されよう。しかしながら八雲が、生前にこうした講義録出版の動きを察知したなら、草稿も作らず、わずかなメモだけを頼りに話したものゆえ、文章にやかましかった彼が、出版を承諾したとはとうてい考えられない。

『文学の解釈』を始めとする一連の講義録は、厳密にいえば、八雲の書きものとはいえない。だがしかし、たとえ口述筆記されたものであっても、作家として成熟期にある人間の口吻《こうふん》から淀《よど》みなく湧き出てきた言葉であるゆえに、八雲の一つの〈作品〉としてその権利を主張してもよいのではなかろうか。

たしかに学生の前で重要な項目と要点――作家の略歴、引用作品名や詩句など――のみを記した講義覚書《ノート》(それは、今日でも残っている)を片手に行われたものだけに、繰り返しや多少の論理的飛躍や思い違いもあるであろう。また、時には学生への一途《いちず》な思いやりから生ずるさまざまな忠告などがほほえましくも散見されるが、これらは決して講義の致命的な瑕《きず》になるものではないと思っている。

否、むしろこういった八雲の親しみやすい諸要素が、他の過不足はないが平板な、簡潔だが無味乾燥な文学史や文学論などとは、一線を画するところとなっている。これだけ生き生きと、懇切丁寧に、しかも異邦の学生の想像力に訴えかけるように、文学の価値とおもしろさを説いて聴かせた講義録は、そうざらにはないだろうと思っている。私は先年、『小泉八雲東大講義録――日本文学の未来のために』(角川ソフィア文庫)と題して、代表的な講義のアンソロジーを編んだので、お読み頂けると有難い。

講義を聴く学生たちの真剣さはもとより、講義をする八雲自身も、文学の何たるかを彼らに説いて倦《う》むことを知らなかったであろう。今日の学問的蓄積、研究成果とその水準からすれば、八雲の講義録の中にも訂正されるべき点や補足されるべき個所もあると思われる。しかし、これら一連の講義が、百二十年も昔に、すなわち西洋の学問の導入期に、一人のお雇い外国人教師によって行われたものであることを思い起こ

明治32年、東京帝国大学文科大学文学科イギリス文学専修生（専科生を含む）の卒業生。中列左より大谷正信、田部隆次、一人はさんで浅野和三郎

してみる必要があるだろう。

　そしていうまでもなく、この講義を担当したのは高名な学者ではなく、東京帝国大学で教えるには充分な学歴はなかったものの、作家としてはすでに完成期にあった八雲であったわけである。八雲にこのような独特な、職人的講義を可能ならしめたのは、当時の日本の学問や文学を将来背負って立つことになる優秀な学生たち――前述の講義を筆記した学生（大谷、田部、落合ら）のほかに、上田敏《びん》、土井《つちい》晩翠《ばんすい》、小山内薫《おさないかおる》、厨川白村《くりやがわはくそん》、戸川秋骨《とがわしゅうこつ》らがいた――の存在に拠《よ》るものであったことも、特筆されてよい。

そして、これらのお弟子筋が八雲のロマン主義文学論をどの程度受容し、またどのようにそれが近代日本のロマン主義文学運動へ陰に陽に拡散し、影響をもたらしたかは、今後もっと究明されてよい課題である。本にまとめられた八雲の文学論が、芥川《あくたがわ》龍之介《りゅうのすけ》、小川未明《おがわみめい》、永井荷風《ながいかふう》、野口米次郎《のぐちよねじろう》、萩原朔太郎《はぎわらさくたろう》らにも、おそらく深い感銘を与えたであろうことは、想像できる。

明治三十年代という日清・日露戦争の狭間《はざま》の激動期に、とりわけすぐれた一人の教師と学生たちとの、講義を通じての奇跡的といっても決して大袈裟《おおげさ》ではない出会いがあったということは、今日ではまったくわれわれの想像を超えた一つの事件であろう。読者はそういった明治時代の一教室の臨場感を想像しながらこの講義録を読むなら、いっそう八雲と彼の文学論に親しみを覚えるのではなかろうか。この一教師と学生との魂の交感ともいうべき一期一会《いちごいちえ》的な緊張関係が、少なくともあの二面性を秘めた八雲の資質を大いに生かしめただろうことは、想像に難くない。

そういう意味で、彼の講義録は『怪談』などの物語りと同じく、一人の〈語り部《コンチュール》〉のかたりなす文学談義といった趣をもっているといえよう。彼の講義録も、『怪談』や『骨董』と共に末長く読み継がれてもらいたいものである。

4　〈ゴーストリィー〉なものの響き合い――『怪談』と『講義録』の関連性

共感の磁場としての《世界文学》の創出――「青柳ものがたり」と「詩歌の中の樹の精」

八雲は松江・熊本時代の教師生活を通じ、日本文化及び日本人研究に取り組む姿勢において、教育現場と創作活動とを巧みに結びつけようとした。日本の学生に教えることは、教育の実践を自らに課すことであったが、この新しい苦役に八雲は熱中した。つまり、教室は、彼にとって日本人の心をよりよく知るためのまたとない磁場といってよかった。そして、その成果を筆に移してゆく作業は、ジャーナリストとしてきたえあげた彼の得意とするところであったろう。

その後、東京帝国大学に移ってからは、松江と熊本とは異なる教授法で教えることとなった。東京帝大では、一八九六年九月から教えはじめたが、解職される一九〇三年三月まで、七年間教壇に立った。相手は大学生とはいえ将来の研究者や学者の卵たちであったから、ここでは、語学を教えるというより、西洋文学や英文学などのレクチャー中心の指導を行った。

八雲の講義は、創作家や研究者を育てるための、きわめて実践的な手ほどきといってよかった。実に簡単なメモを片手に、ほぼ喋《しやべ》りっぱなしの講義においては、松江や熊本とは異なり、彼は教場を生々しい日本人観察の場にするというより、晩年の著作(『怪談』や『骨董』)の世界観を論理的に裏付けるために利用していた感がある。

私は八雲の『怪談』『骨董』を始めとする創作と東京帝国大学の講義とは、厳密な意味で、かなりの対応・照応関係があると確信している。その相関関係を調べて見ることによって、第二芸術とまでいわれかねない八雲の再話ものが、意外と東西の文化的、思想的に広いバックグラウンドに支えられて生まれてきた作品であることが分かってくる。

まず再話の創作と講義との照応関係を、『怪談』の中の「青柳《あおやぎ》ものがたり」と講義録「詩歌の中の樹の精」の関係にさぐってみたいと思う。例えば、「青柳ものがたり」を書いた時期と、講義「詩歌の中の樹の精」をレクチャーした時期とが一致ないしは前後しているかどうかについては、残された記録からはにわかに特定しがたい。しかし、『怪談』の執筆も、東京帝国大学での講義も、ほぼ同一時期に行われていたから、樹霊信仰をテーマとする「青柳ものがたり」の構想を立てるについては、仏教の輪廻《りんね》思想を借りてきているとはいえ、この物語のもう一つの想像《インスピレーション》力の源泉である、ギリシアの樹霊神話の枠組みについて、講義で詳しく論じておく必要を、八雲は感じていたと推定してもよいであろう。

しかも、『怪談』の「青柳ものがたり」と講義「詩歌の中の樹の精」の比較は、実に興味深い事実を示してくれる。日本の古典『玉すだれ』から出典をあおぐ「青柳ものがたり」という作品は、実は日本と同じく樹霊信仰をもつギリシア神話からもその構想の枠組みを借りてきているのである。八雲の再話ものの幾篇かは、日本の古典からその多くの語り直しの素材を得て、仏教的色彩を加味しているものの、完成作に吹き込まれている想像力は、ギリシア的ないしケルト的な観念や思想に彩られているケースも少なからずあるといってもよかろう。このことは、八雲の血筋を考えてみればしごく当然なことと思われるかもしれないが、私はあらためてこの八雲の西洋的な想像力の発露という側面を指摘しておきたいと思う。

言いかえれば、「青柳ものがたり」は、原典『玉すだれ』のもつ日本的・仏教的なソースが、八雲のギリシアの血と響き合い、彼の想像力をいたく刺激したともいえるであろう。彼は日本の取るに足らぬ古びた物語から、日本人だったら興味を抱かぬようなものを、創作の糧として引き出すことが出来たわけであるが、それもギリシア人としての想像力が働いてのことにちがいない。

「青柳ものがたり」の原典である『玉すだれ』の中の原話、「柳情霊妖《りゅうじょうれいよう》」がすぐれた作品とは、私には思われない。しかし、オリジナルの出来、不出来は別にして、そこに、ギリシア人とアイルランド人の混血児である彼の創作意欲をかき立てるものがあったことは否定できない。古代ギリシアの神話世界と古い日本の物語を比較してみることは、とりわけ彼の想像力をかき立てたといえよう。

八雲のこの比較という方法は、何も日本の古い「柳情霊妖」とギリシアの「樹の精」の樹霊信仰との共通性の発見についてのみいえることではない。この八雲の異質なものどうしの比較対照の方法は、他の作品でも見られる創作方法である。「青柳ものがたり」が『怪談』の中でもとりわけ傑作の一つである理由は、東洋と西洋における樹霊信仰の遍在性に八雲が着目し、その共通要素が、彼のイマジネーションを強く刺激した点にあると考えられる。

八雲の考える《世界文学》という考え方の根幹には、洋の東西を問わず、どんな国の人々をも感動させずにはおかぬ〈共感の磁場〉のごときものが存在するという確信があった。そして、その〈共感の磁場〉の発見こそ、八雲の創作上の比較文学的方法といってよかった。八雲の志向する《世界文学》という概念とは、それゆえ、どのような技巧によっても、あるいは翻訳の上手下手にもかかわらず、決して失われることのない、〈共感の磁場〉の発見あるいは創出であったといえよう。

ご承知のように、八雲は、欧米の人々に向けて、日本について英文で著作をし、日本の学生に対しては、平易な英語で、ヨーロッパ、イギリスなどの文化・文学について語った。そこで彼が常に考慮に入れ、志向していたことは、東西の文学鑑賞者や研究家が相出会い、感動できる〈共感の磁場〉の創出あるいは提示であったと思われる。

この東と西の想像力が共鳴し合う〈共感の磁場〉とは、言い換えれば、あらゆる人間の情感と想像力に訴えかける〈感動の文学空間〉のことである。そして、魂から発する声《ヴオイス》、Naked Poetry〈赤裸の詩《うた》〉こそが、彼の文学上の立脚点といってよかった。

〈Naked Poetry〉とは何か——樹霊信仰と東西の想像力

アメリカ時代に実に多くのフランス文学の翻訳を手がけた八雲が、詩精神の意味をも含む Poetry という言葉を用いて、Naked Poetry「赤裸の詩」という講義を東京帝大で行ったことがある。その短い講義で《世界文学》という彼独自の文学観を披露しているので、さらに触れてみたい。彼のいう Naked Poetry という考え方は、何ら複雑なものでないが、彼の文学観を考える上で、含むところ大といえる。

次にこの講義の冒頭部を拙訳（以下同様）で引用してみるが、東西の〈共感の磁場〉を設定しようとするロマン主義者八雲の立場がにじみ出ている所である。

……私は、「赤裸の詩《ネイキッド・ポエトリー》」とでも称すべきものについて少々論じてみたいと思う。「赤裸《せきら》の詩《うた》」とは、何の衣裳《いしょう》も装飾も身につけていない詩歌、まさにいかなる技巧によっても隠蔽《いんぺい》されることのない詩の真髄、もしくは詩の本体のことを指して言っている。

もちろん、私はこの「赤裸の」という言葉を、芸術的な意味で用いている。つまり、詩歌を、何ら余計な夾雑物《きょうざつぶつ》の混じらぬ人物像とか事実そのものを表現している芸術作品に譬《たと》えているのである。……

とくに私が詩、真《まこと》の詩という場合は、精神を深くゆさぶり、人の心を動かす類の詩作品――言い換えれば、感情の詩――ということになる。これが、詩のもつ真の文学的意義というものである。しかもそれゆえ、その作品がまったく韻文になっていないにもかかわらず、みなさんは、ある種の散文が優れた詩と称せられていることを知っているであろう。今述べたような重要な詩の区別は、日本の詩人たちによっても認められてきたことだと思う。

八雲がこの想像力における〈共感の磁場〉となる〈赤裸の詩〉を、どのようなところに見出《みいだ》していたのかを、もう少し具体的に見届けておくことにしよう。そこで、「詩歌の中の樹の精」という講義の一節を、先の「赤裸の詩」と比較してみることにしよう。東西の〈共感の磁場〉を創出しようとするロマン主義的な文学的立場から、彼は日本の古い神話・伝説・昔話を西洋のそれらと比較しつつ、日本の学生の想像力に訴えかけようとしているのが、了解できるのではなかろうか。

　極東の日本人と西洋人との間に、インスピレーションや発想上の同一性や情緒的関連性を、つまり〈共感の磁場〉を発見し、それを分かりやすく日本の学生たちに語ろうとするのが、彼の講義録のイデーといってよかろう。またそれは、彼の再話文学の方法でもあった。彼の思想的素地や再話の方法を語って倦まぬ「詩歌の中の樹の精」などの一連の講義録に典型的なように、「青柳ものがたり」以外の他の再話ものにも、同様の八雲の考え方や方法意識が貫かれていると考えてよいだろう。

　西洋の詩歌の源泉を創作に活用する最良の方法のひとつは、日本の文学と伝説とに関して、西洋詩歌のロマン主義的な、あるいは情緒的な関連性を発見することにあると思われる。

　以前、文学科の学生の一人が、私のところに三十三間堂にまつわる古くてすばらしい物語の非常に美しい翻案を書いて寄こしたことがある。私はそれを読んでいるうちに、西洋文学にも同種のすばらしい伝承物語が存在するのに、今まで誰も文学を学ぶ学生に注意を促そうとした気配がないのをむしろ不思議に思ってきた。今日は私は、日本の伝説と同じような発想《アイディア》がいかにして西洋のすばらしい文学を生み出してきたかを示してみたいと思う。

……一般にあまりよく知られていないのは、ギリシア人はあらゆるものに霊が吹き込まれていると考えていたこと——つまり、岩や木々や、雲や水などに、それ独自の精霊ないしは物活論的法則《アニメイティングプリンシプル》が宿されていると考えていたこと——であろう。すべての川、泉、樹木は、それぞれの神もしくは半神を有していたのである。ともかくこの問題に満足のゆくまで触れようと思えば、非常に多くの時間を要することになろう。

ただ私は、手短に、神的及び半神的存在《パースン》の遍在性というギリシア思想は——それらがとりわけ人間臭く、往々にしてひときわうるわしい存在であったという違いを別にすれば、——古《いにしえ》の八百万《やおよろず》の神々にまつわる日本の思想ときわめて似かよっていたという事実を指摘しておきたいと思う。

八雲が講義で講じた、東西文化に存在する樹霊神話や伝説、またそれにまつわる東西の信仰心の遍在性の指摘は、欧米人のみならず、日本人の心にも大いに訴える要素をもっていたといってよかろう。英国の近代詩人のウォルター・サヴェジ・ランダーやアメリカのジェームズ・ラッセル・ローウェルらが、古のギリシアの物語、「樹の精《ハマドリアス》」の愛と死を主題にして翻案を試みたように、八雲も、日本の古典に材を得ながらも、「青柳ものがたり」においてきわめてギリシア的な麗しき樹の霊＝妖精《ようせい》を主人公にして、人間との愛と別離と死を描いた。この話筋は、日本の昔話にもよくある異類結婚譚《たん》であるが、これも、男女間のタブーの侵犯がテーマとなっている。しかし、八雲の「青柳ものがたり」からは、そうしたタブー侵犯のテーマ以外にも愛の悲しみと切なさがひしひしと伝わってくる。生きとし生けるものの生命のはかなさと悲しみが、読者の胸に迫ってくる。

そういう意味で、次の「詩歌の中の樹の精」という名講義の最後の一節は、「青柳ものがたり」という作品と呼応しているだけでなく、再話文学者八雲の想像力の源泉がどこにあったかを披瀝《ひれき》しており、きわめて示唆的といえる。

八雲の描いた古椿（小泉八雲秘稿画本『妖魔詩話』より）

ギリシアの伝承物語群には、不思議な生命力がひそんでいる。多くの詩人が幾世紀にもわたって同じギリシアの伝承物語を取り上げているが、その新しさはいっこうに失われることはないであろう。またその新しさゆえに、依然として、偉大なる天才たちは、その物語に正しい評価を下すように誘《いざな》われてゆくのである。

近い将来、日本の詩人が、この物語《ロマンス》の趣旨《サブスタンス》の中に非常に含蓄のある教訓《モラル》を含む、この上なく美《うるわ》しいインスピレーションを見出《みいだ》すことも、きっとあるにちがいない。

夢の〈真実〉の開示――「文学における超自然的なものの価値」

さらにもう一つ、「文学における超自然的なものの価値」という名講義を取り上げてみたい。この講義は、彼の創作哲学と作品との関係のみならず、彼の宇宙感覚とでもいうべき世界観を知る上で、逸することができない講義である。このレクチャーを読むと、「青柳ものがたり」と「詩歌の中の樹の精」の対応関係と同様に、『怪談』全体との対応関係つまり方法論と創作の関連性が、再びあざやかに浮かび上がってくる思いがする。

特に、この「文学における超自然的なものの価値」という講義には、彼の『怪談』の背景に湛《たた》えられている、超自然的なものや夢魔的なものへの異常なほどの関心と畏《い》怖《ふ》の念が、彼の人生体験を通して吐露されている。その点が、『怪談』を単なる再話もののゴースト・ストーリーとしか考えてこなかった読者には、とりわけ注目してほしいところである。

講義「文学における超自然的なものの価値」に私が注視したいのは、彼の想像力の根源に常に作用していた〈恐怖〉というものがきわめて自伝風に語られており、彼の生涯にわたる創作の方法とその秘密とがおのずと開陳されていると思われるからである。この講義を丹念に読みこんでいけば、彼の再話文学誕生の背景の多くを説明する鍵《かぎ》が見つかりそうである。

しかしながら、彼の創作のソースが〈霊的なもの〉〈超自然的なもの〉の世界からだけではなく、夢（あるいは悪夢）の世界からもインスピレーションを得ていることは、論を俟《ま》つまでもない。八雲の文学的資質は、もともと再話的な、ないしは昔話《フォークロア》的な、素朴な語りに向いた性格をもっていたので、世界の伝説や神話の夢の世界に材を得て、それを語り直すことは、比較的容易であったであろう。

そうしたフォークロア的な手法を用いて、彼は民間伝承における、集団無意識的な夢のもつ〈真実〉を描こうとしたのであろう。夢の中に現われる死者たちが棲《す》む共同体が、いってみれば、八雲の再話文学の故郷《ふるさと》であった。「文学における超自然的なものの価値」という講義の次の一節に注目していただきたい。

……どの国の説話をとっても、肝心のロマンスとしての真実味は、おのずと同質のものが多く、語られているのは、夢の持つ真実ということである。

たしかに夢は、恐怖とロマンスという芸術的要素以上に、文学に備わっている最も透徹した、美しい霊的な優しさというものの供給源となっている。夢の中では、今は亡き愛する人々が、われわれのもとに帰ってくることが、しばしばある。彼らはまるで実際に生きているかのような様子で言葉を交わし、そうあって欲しいと願っていることが、すべて実現する。

夢の中で死者と再会するとき、あらゆるものがどんなに穏やかで美しく見えることか。また、どんなにかそれが現実味と真実味を帯びて見えてくるものか。誰しもそのことに気づいたことがあるであろう。

太古の昔から、そのような死者のヴィジョンが、文学にたいして、ことのほか心を打つような優美な道を拓《ひら》き、そこから私情を離れた情愛の世界が導き出されてきたのである。われわれは、こうした経験をほとんどあらゆる西洋の昔の物語詩《バラッド》に見出すことができる。世界中の叙事詩の中にも、またすぐれた詩作品の中にも、見出すことができるのである。

『怪談』には、〈夢〉と〈死者〉の世界を扱った作品が多いのに今さらながら気づくであろう。夢の世界とそこに登場する死者たちが、何か真実めいたものを告知し、深く秘められた心の深層や真理を開示することがある。

たとえば、『怪談』の「おしどり」という小品を例に取ってみよう。鷹匠《たかじょう》で猟師をしていた尊允《そんじょう》という男が主人公の物語だが、彼はつがいのおしどりの雄に矢を射って、殺生《せっしょう》してしまう。そしてその夜、男はつがいの雌のおしどりの夢を見る。それは彼に悔い改めを迫る悪夢といってよいが、その夢は彼に一つの真理というかモラル（生殺の戒め）を啓示する。

その後、猟師の男は改悛《かいしゅん》し、出家して僧となる。話はきわめて単純といえるが、内容的には深く、考えさせられる重い作品となっている。夢による真理のお告げあるいは開示というのは、八雲の再話文学の重要なモチーフの一つといってよい。

また夢を扱った作品に「安芸之介《あきのすけ》の夢」があるが、主人公の安芸之介が垣間《かいま》見たユートピアの夢の世界をテーマとしている。この夢はまさしく八雲の思い描く〈理想郷〉そのものであって、死者たちとの共同体といった世界観を開示したものといえる。この作品は、浦島太郎《うらしまたろう》の説話を取り上げた「夏の日の夢」（『東の国から』）や、「蓬萊」（『怪談』）といった作品とともに、八雲の夢想するユートピアの世界（死者たちが憩う麗しき世界）をうかがわせてくれる。

したがって、夢における真理の告知という一種の無分別智が、古来、神話や伝説に豊かに息づいていると考えるなら、八雲文学のもつフォークロア的体質の密《ひそ》やかな魅力も、この死者たちが開示する〈夢の真実にある〉といってもよいのではなかろうか。

八雲は、浦島太郎の伝説が「むかしからそれぞれの世につれて、ますます新しい魅力を加えてきた説話であってみれば、なにかしらそのなかに真理を含んでいればこそ、長く生命を保ってこられたわけではないのか」と「夏の日の夢」で述べていた。次の「文学における超自然的なものの価値」の講義の一節も、「夏の日の夢」の一節と同じく、八雲の再話文学の古めかしくも色あせぬ魅力を伝えていると思われる。

……われわれは、眠りの世界で、今は亡きなつかしい人々に再会する。父親はずっと以前に亡くしたわが子を生き返らせ、夫は妻を再び甦《よみがえ》らせる。死によって仲を引き裂かれた恋人同士は、この世で果たせなかった契りを交わす。

遠い昔に、われわれの目前からいなくなった人々――姉妹、兄弟、親しい友人たち――こういう人々が、ありし日のごとく、愛らしく、若々しく、しかもおそらく、実際に生きていたらかくもあろうかと思う以上の美しさを湛えて、われわれのもとに帰ってきてくれるのである。

眠りの世界では、老いるということがない。不死と永遠に続く若さがあるばかりである。繰りかえすが、一切のものがなんと柔和で幸せに満ちていることであろう。現実の生活ではわれわれに親切でない人たちが、夢の中では思いやりがある。そうであるとするなら、これよりほかにどんな天国が考えられよう。

宗教は善良なる人々のために、幸福というものの完全なる姿を描いてみせてはくれるが、それはたんにわれわれの夢の中の生活の、最高の部分を述べたものにすぎない。そしてまた、その夢の生活の最上の部分が、現実の生活の中の最上の部分ということにもなるのである。しかも、その叙述の仕方において、宗教が夢の体験に近いものになればなるほど、その結果はよりよいものになることに気づくであろう。

右の講義「文学における超自然的なものの価値」の一節を読んでいると、八雲その人の口からじかに、彼の再話文学の世界観について聞かせてもらっている気がしてくるのではなかろうか。八雲にとって重要な点は、死者の世界が現世と密接につながっていることであろう。例えば、アメリカ時代の再話もので水の精《オンディーヌ》を描いた「泉の乙女」(『異文学遺聞』)や日本時代の「お貞《てい》のはなし」は、前世の契《ちぎり》を守って、この世に戻ってくる女の話であった。また「雪女」のお雪《ゆき》や「青柳ものがたり」の青柳などは、「不死と永遠に続く若さ」を備えた女性たちであったことも、思い起こされる。

引用文の冒頭の「眠りの世界」とは、したがって、死者たちの永遠の世界であって、果たせぬ思いや理想が実現する、時間が止まった八雲の〈ユートピア〉の謂《い》いに他ならない。しかもその世界は、一切のものが柔和で、幸せに満ちているのである。

八雲はそうした死者たちが共に住まう、美しく霊的なやさしさをもった世界を、人間世界の真実や倫理をほのめかすための肥沃《ひよく》な土壌にしていたと思われる。それゆえ、彼の講義録は、まず第一に、彼の創作と同様、読みものとしても大いに楽しめるだけでなく、八雲文学の成り立ちをなによりも明らかにしてくれる貴重なものといえる。

〈赤裸の詩〉を歌い続けた詩人としての八雲

私は、八雲の『怪談』などの作品の読み方として、創作（再話作品）と創作理論（講義録）という対比をして語ってきた。これは、私自身が彼の講義録を訳してゆく過程で、この二つの照応性に目を見張らざるを得なかったからである。

八雲の『怪談』との関連でとくに興味が尽きなかったレクチャーが、今取り上げた「文学における超自然的なものの価値」と「詩歌の中の樹の精」であった。この二篇について、作品との影響関係を考察してみたのである。

私はすでに〈赤裸の詩〉という、彼の大文字で記すべき《世界文学》の観念について語った。「赤裸の詩」は彼の講義の一つであるが、彼の文学と人生を語るにまことにふさわしい象徴的なタイトルであることも述べてきた。しかも、芸術家の魂をもつ散文詩人としての八雲、卓越した教育者であり、英文学者でもある八雲。文明批評家、ジャーナリストとしての八雲。そして、むろん、物語作家としての八雲……といった具合に、彼の多面的なプロフィールを数えあげてゆくと、そこにそれを統合する相貌《そうぼう》として浮かび上がってくるのが、〈赤裸な詩〉を歌い続けた、世紀末詩人としての八雲像であろう。

私は、〈赤裸な詩〉を歌い続けた人としての八雲を考えてゆくと、彼の「草ひばり」という作品を反射的に思い出す。この作品は、自分の家で飼っていた草ひばり（こおろぎに似た虫）の死に仮託して、一つの詩《うた》（芸術）を歌いつづけることによって、自らの生命を食い尽くす芸術家の宿命を描いている。つまり、この作品は八雲みずからの自画像を描く散文詩的な小品といえるのである。詩《うた》を歌い続ける天分をもっているという呪いを受けた者＝芸術家という十九世紀的なテーマは、ボードレールの散文詩「あほう鳥」と通い合うものがある。

次の「草ひばり」との結句は、草ひばりの死を描きながらも、明らかに一個の「人間のこおろぎ」であった八雲自身の安否について語っているのである。

……こうして草雲雀がいなくなってみると、初めてあの生きものとの絆《きずな》に気づいたのだろう。

その晩のひっそりとした静寂の中で、私はあの繊細な鳴き声の妙味を、ことさら身に染みていとおしく感じた。ほんのはかない虫の命が、神の御心《みこころ》にすがるように、私の気まぐれと身勝手な楽しみを頼って生きていたのである。そしてまた、小さな籠《かご》の中の小さな魂と私の中の魂とが、実在世界の大海の深みの中で、まったくの一体であると告げているように思われた。

……あの小さな生きものが、昼となく夜となく、渇き、飢えていたというのに、私はといえば、あの虫の守護神であったはずなのに、いたずらに夢を織っては、空想に耽《ふけ》っていたのである！……それにしても、なんとけなげなことであろう。むごいことに、あの虫は自分の足を食いながらも最期まで歌いつづけて死んだのだ！　神よ、私たちを、とりわけハナ（お手伝いさんの名——引用者注）を許したまえ。

しかし、結局のところ、飢えておのれの足を食い尽くしたとはいえ、それは歌うという天分を授かったものにとって、最悪の不幸とは言いきれまい。世の中には、歌うためなら自分の心臓を食らう人間の蟋蟀《こおろぎ》もいるのだから。

最後に東京帝大での「最終講義」について触れて拙文を結ぶことにしたい。この「最終講義」は、『小泉八雲東大講義録——日本文学の未来のために』（角川ソフィア文庫）の中に収録したのだが、彼のひたむきな人柄が如実に出ているばかりでなく、こうした刻苦勉励型の芸術家の楽屋話といった趣をもつ興味深いものである。いかにも文学と人生の苦労人にしか語れぬ、学生に対する思いやりが横溢《おういつ》した別れの講義となっている。たとえば、将来あらゆる忙しい職業に就きながらも、その間隙《かんげき》をぬって創作活動や学問にいそしむであろう学生たちに向かって、時間の使い方に至るまで、さまざまなアドバイスをするといった具合である。文字通り、寸暇を惜しんで文学に精進してきた、いかにも八雲らしい「最終講義」となっているところが読みどころであろう。

……文学作品の創作原理は一時にたくさんの仕事をしないで、規則的な期間をおいて、少しずつ仕事を続けることである。

みなさんの誰もが、一日のうち二十分か三十分を文学のために割《さ》けないほど忙しいとは思われない。たとえみなさんが、一日のうち十分しか割けないとしても、一年の終わりには非常に多量の時間になると思う。

別の言い方をしてみよう——毎日、五行ずつ文学作品を書くことはできないだろうか。もしみなさんにできるのであれば、忙しさの問題は、たちまちのうちに解消してしまうことであろう。三六五に五を掛けてみよう。十二カ月も経てば、それはかなり厖大《ぼうだい》な仕事量になることであろう。毎日二、三十分ずつ書くことを心に決めればどんなによいことか。

もし、みなさんのうちで心から文学を愛する者がいるなら、この私のささやかな言葉を忘れないようにしていただきたい。そして、みなさんがたとえ毎日十分か十五分しか時間がないにしても、自分自身のことを忙しさのあまりほんのわずかしか勉強できないなどと思わないようにしていただきたいと思うのである。

それでは、みなさん、さようなら。

八雲の講義録には、彼のつつましやかないい方を用いれば、「文学という困難な手仕事に年季奉公をしてきた者」が語る独特な味わいがある。私は、創作家がこれほどまでに日本の将来を背負う若い大学生に対して、胸襟《きょうきん》を開き、語り尽くした講義録を他に知らない。

そういう意味で、八雲は立派な教育者でもあったといえよう。一昔前、八雲の講義録はすぐれた文学入門書として大いに読まれたものであった。しかし、今日ではかえりみられなくなってしまった感がある。昨今流行の文学研究のように、知的重武装（理論武装）をして作品に接する傾向が強くなってくると、正直いって、若い文学の学究は、八雲の講義録をどう評価するのであろうか、彼らの意見を聞きたいところである。

第三章　小泉八雲が私たちに語りかけてくるもの

——死者と生者の共同体

1 原風景をたどる——自伝的断篇が伝える霊的世界

眠りの世界を描く

小泉八雲は、『怪談』をはじめとする再話ものの物語世界で、彼独自のさまざまなお化け、妖怪《ようかい》、妖精《ようせい》そして幽霊を描き出した。それらの霊的存在に共通している要素は、いわゆる怪奇小説や怪談ものにありがちな人間の恐怖心をたんにあおるものではなく、何か人間の根源にある存在の悲しみや孤独感、畏怖《いふ》心や愛《いと》しさの情感に訴えかけるところにあると思われる。

八雲の再話作品を読むと、幽霊や妖怪の残忍さやむごさ、あるいは恐ろしさはあるものの、お雪にしろ青柳《あおやぎ》にしろ、何かその霊的存在の持つ迫力やその真実の流露感に、むしろ私たちは心打たれるのである。

八雲の再話文学は、死者たちや超自然的なものや自然との語らいの、きわめて宇宙論的な文字空間である。また八雲の文学世界は、私たち人間がもっていたはずの情感豊かな原初的な共生の世界でもあり、そういう意味で、八雲自身の失われたユートピアを描くものといってよかろう。

八雲のユートピアの世界とは、夢の世界、死者たちの眠りの世界のことに他ならない。そこで、今は亡きなつかしい人々に、八雲は再会する。

その夢の世界では「父親はずっと以前に亡くしたわが子を生き返らせ、夫は妻を再び甦《よみがえ》らせる。死によって仲を引き裂かれた恋人同士は、この世で果たせなかった契りを交わす。遠い昔に、われわれの目前からいなくなった人々——姉妹、兄弟、親しい友人たち——こういう人々が、ありし日のごとく、愛らしく、若々しく、しかもおそらく、実際に生きていたらかくもあろうかと思う以上の美しさを湛えて、われわれのもとに帰ってきてくれる」(「文学における超自然的なものの価値」)のである。

この講義録「文学における超自然的なものの価値」の一節を読むと、読者は『怪談』の「青柳ものがたり」や「お貞《てい》のはなし」や「和解」の情景をきっと思い出すにちがいない。八雲文学の夢の世界、死者たちの眠る世界では、「老いるということがない。不死と永遠に続く若さがあるばかり」なのである。

『怪談』の素地を幼年期にたどる

八雲はお化けや幽霊や妖怪などの実存性を信じていた人である。いや、信じていたというより、幼い頃、毎日それらを見て暮らしていた人である。それは、彼が幼年期のことを記した自伝的エッセイ「夢魔の感触」と「私の守護天使」を読めば、つぶさに納得できることである。

「夢魔の感触」と「私の守護天使」の二篇は、八雲の不幸な五、六歳の頃の体験を知るまたとない貴重な作品である。それだけでなく、彼がなぜ晩年『怪談』を執筆するに至ったかの遠因をさぐることの出来る重要な自伝的エッセイと考えられる。八雲がなぜ後年になって「むじな」や「雪女」や「耳なし芳一《ほういち》」などの作品を描くことができたのか、その謎《なぞ》がこの「夢魔の感触」と「私の守護天使」の中に語られていると思われる。

八雲が生んだ妖怪やお化けの原点を知るために、彼の幼年期を遡《さかのぼ》ってみよう。

一八五三年、八雲三歳の時、彼はギリシア人の母ローザ・カシマチと共にダブリンに住んでいた。しかし、父チャールズの妻ローザに対する愛は、冷めたものになっていた。八雲の父チャールズ・ブッシュ・ハーンは、アイルランド出身の陸軍軍医であった。

母ローザは、故郷のギリシアとは言葉も宗教も気候もまったく違う北国アイルランドの生活習慣になじめないでいた。そして彼女は、一八五四年、望郷の念にかられ、精神の変調をきたし、ついに八雲を置いたまま、生まれ故郷のギリシアのキシラ島に帰ってしまう。

以後、八雲は生母に二度と会うことがなかった。しかし、慣れぬ土地で心身ともに病み、夫に見捨てられた母ローザへの同情と思慕の気持ちは、終世変わることがなかった。この亡き母への思いは、八雲の再話作品の幾篇をとおしてうかがい知ることが出来る。

八雲が『怪談』の中で造形した薄幸な女性たちの多くは――雪女や青柳あるいは「和解」の中の夫に捨てられた妻など――薄幸だった彼の母ローザの面影をとどめているように思われる。それらの女性たちは、妖怪、妖精や幽霊として描かれることになるわけだが、「雪女」や「和解」や「破られた約束」などの作品に典型的に表現されているように、この八雲の造形する女性たちは、男（夫）の裏切りに出会いながらも、人間への思いを断ち切れぬ悲しみに満ちた存在である。

八雲は、作品の中で、その妖精的な女性たちの薄幸と、母ローザの運命とを重ね合わせているように思われる。八雲の再話作品を読むと、どうしてもそう思わざるを得ない。八雲は、それらの存在を悲哀や激情や狂気に身を苛《さいな》まれる宿命の女性として、あるいは永遠の女性として、『怪談』において造形し、定着させようとしたのだと考えられる。しかし、幼くして母と生き別れた八雲は、母の消息や病死を実際知っていたわけではない。

死んだ女が戻ってくる話

たとえば、『影』（一九〇〇）という作品集の中に「和解」という一見不可解な題名がつけられた作品がある。身勝手な夫である侍に見捨てられた妻の悲話である。

都で出世を果たした夫は、たくさんのみやげ物を持参して何年ぶりかに妻の許《もと》に戻って来る。すると、妻はかつての美しい面影をとどめており、夫を歓待する。しかし、実はこの妻は、貧困と病と絶望のあまりすでに亡くなっており、亡霊となって夫を出迎えたのであった。まことに痛ましい物語としかいいようがない。

しかし、八雲はなぜこの作品に「和解」とタイトルを付けたのであろうか。妻は亡霊と成り果ててはいるが、夫はとにかくも最愛の妻の所に戻ってきたのであるから、八雲はタイトルをあえて「和解」とつけたのであろうか。あるいは、こうした悲惨極まりない再会でも、八雲にとっては、妻と夫の「和解」話としたいという願いを作品にこめたかったのであろうか。

「和解」という作品は、先ほど引用した「文学における超自然的なものの価値」の一節にあるように、死んだ者が生前以上の美しさを湛《たた》え、夫の元に戻ってくる話である。この作品は八雲の夢の世界、ユートピアの世界（亡き妻が戻ってくること）と現実の世界（妻の死）の相克を描き分けたものと考えたらよかろうか。

「和解」を読むと、私は母ローザと父チャールズと子八雲の三人の関係にいつも思いが及ぶ。八雲はこの作品を書いた時、亡き母（作品の中では、亡き美しき武士の妻）と幼い自分、母を捨てた父（身勝手な武士）と孤児となった自分（作品の語り手としての八雲）の三者を結びつけていたのではないだろうか、と想像をしてしまう。それゆえ、私は、八雲がこの作品に「和解」という謎めいた題名をつけたのは、実に意味深長な要因があったのではないかと想像せざるを得ないのである。そこで、私たちは人間関係の究極の「和解」とは何かを、考えてみなければならない思いにとらわれる。

幽霊に弄ばれた幼い日々

一八五四年の母親の失踪《しっそう》に次いで、翌年の一八五五年、一八五六年は、再び八雲にとって生涯拭《ぬぐ》いさることのできない大事件が起こった年であった。

八雲は恋人のアリシア・ゴスリン・クロフォードと再婚した父チャールズとも別れ、ダブリンにある大叔母《おば》サラ・ブレナンに預けられ、彼女の館《やかた》に暮らすことになった。ブレナン夫人からは、八雲少年は敬虔《けいけん》なカトリック教徒となって、彼女の後継者になることが期待されていた。大叔母ブレナンの許で過ごしたこの厳格な宗教的環境が、後年のカトリックへの反感を形成した一因と考えられる。八雲、五歳（一八五五年）の時のことである。

とにかく一八五五年という年は、孤独で神経質な子ども時代のはじまりを告げる年であった。その頃を回想した「夢魔の感触」によると、八雲は大叔母ブレナンの家の離れの部屋で過ごし、夜は乳母と離され、一人で寝るようにいいつけられていた。その部屋は、「坊やの部屋」と呼ばれていて、狭い陰鬱《いんうつ》な部屋であった。

夜になると、「坊やの部屋」は外から錠をかけられ、ランプを消して一人で寝なければならなかった。八雲はその部屋で毎夜のように幽霊を見、その幽霊たちによって一生忘れぬことができぬほど苦しめられたのである。

……正体の知れぬお化けがやってくるのが、はっきりとわかる。近づいてくる。階段を上ってくる。足音が聞こえる。……幽霊は長い長い時間をかけてこちらにやってくる。ぞっとするような足音がしたと思うと、敵意があるかのように急に立ち止まる。それから、きしむ音もたてず、かんぬきを掛けたはずの扉が、ゆっくりとゆっくりと開き、幽霊は部屋のなかに入ってくる。意味もわからぬことをまくし立てながら、手を差し出し、わたしを摑《つか》むなり、暗い天井へ放り上げ、落ちてきたわたしをまた捕まえては、上へ、また上へと放り上げるのだ。

この「夢魔の感触」の一節は、天涯孤独となった八雲の赤裸々な幽霊体験の告白である。と同時に、人間を超えたもの、超自然的なものとの接触を記録した最初の告白文といってよかろう。

しかし、この霊的なものとの触れ合いを、孤独ゆえの八雲の妄想だときめつけることはむずかしい。八雲がお化けとも幽霊とも呼んでいるこの ghostly な存在は、彼が極度の心理不安に見舞われた際に見た一つの幻影だとしても、彼はたしかに毎夜こうしたお化けや幽霊を見、直接体を触られ続けていたのである。

八雲は当時の生活を振り返り、こう述懐している。「何年もその部屋で、言葉で言い表せないほど苦しめられてきた。だからその後、幽霊とはほとんど無縁な寄宿学校に入れられたときは、かえって嬉しかったほどである」。

この五歳時の暗い体験――畏怖すべき存在に触れられ、いたぶられ、弄《もてあそ》ばれたという体験――は、後年、八雲に怪談を書かせる素地を培ったと推測してよかろう。

次に、後年、八雲がお化けや幽霊を執拗《しつよう》に描くことになる体験のエピソードをもう一つ付け加えておこう。

キリスト教嫌いになる

八雲がさまざまなお化け、妖怪、幽霊を描くようになる素地を考えてゆくと、もう一つの体験を逸することができない。いわゆる八雲の〈のっぺらぼう〉体験である。

彼の五、六歳頃の幽霊体験は〈顔なしお化け〉体験といえるもので、その体験をつづった自伝的作品、「私の守護天使」に詳しく描かれている。

この「私の守護天使」も先の「夢魔の感触」と並んで、八雲の幼年期の不気味な恐怖感覚を伝える自伝的遺稿であるが、この六歳頃の深刻な体験が、五十年近くも経て「むじな」(『怪談』)という作品に結実した、と私は推定している。少なくともあの「むじな」のもつ作品の生々しいリアリティーは、八雲の幼年期の〈のっぺらぼう〉体験に裏打ちされたものであると考えられる。「私の守護天使」の〈のっぺらぼう〉体験は、八雲に深刻な影響を与えたが、いささか逆説めくが、この彼の恐怖体験こそが、お化け話や幽霊譚《たん》の湧き出る豊かな想像力の源泉であったといえよう。

「私の守護天使」は「これからお話しするのは、六歳ぐらいのころに体験したことだったと思う。私はお化けの類についてはいろいろと知っていたが、神々についてはほとんどと言っていいくらいなにも知らなかった」という印象的な書き出しではじまる。この作品は、八雲にとっての ghostly なものとの遭遇を描いているだけでなく、神秘的な体験の告白としても、重要な意味をもっている。この小品からも八雲の後年のキリスト教嫌いの遠因の一端を探ることは、充分可能であろう。

「私の守護天使」の荒筋を簡単に紹介しておこう。大叔母サラ・ブレナンの家に逗《とう》留《りゅう》する一人の女性がいた。若くて背が高い、その痩身《そうしん》の女性は、ローマ・カトリックに改宗したばかりの熱心な信者であった。彼女は幼い八雲をたいそう可愛がってくれた。その女性は親戚《しんせき》ではなかったが、家のみんなからは「従姉妹《カズン》・ジェーン」と呼ばれていた。そして、八雲も彼女に大変なついていた。

ところが、ある冬の朝、八雲はこのカズン・ジェーンから退屈な信仰のお説教を聞かされるはめになった。そのお説教にがまんできなくなった八雲は、思い切ってジェーンに質問をした。

「どうして他の人に気に入られるよりも、神様の思《おぼ》し召しにかなうようにすることの方が大切なのか、教えて欲しい」

するとジェーンは、幼い八雲を射るように見すえて、「坊や！　坊やが神様を知らないなんて、そんなことがあっていいのかしら？」と鋭く問い返した。「神様が、坊やや、わたしをお創りになったことを知らないですって？」

ジェーンはなおも暗い悲しみの表情を浮かべたまま、突如「それなら、坊やを地獄に落とし、永遠の業火《ごうか》で生きたまま焼いてあげよう！……」と叫びはじめたのである。それから、ジェーンは突然泣きはじめると、ふいと部屋を出ていってしまった。

幼い八雲は、このジェーンの狂信的ともいえる暴言と振る舞いを目の当たりにして、取りかえしのつかないほどの不幸な気持ちに陥ってしまった。この体験は八雲にとって、一生の心理的外傷《トラウマ》になるほどの深刻なものであった。その時から、彼はカズン・

ジェーンを憎むようになり、いっそ死んでしまえばいいのにとさえ思うようになった。

ところが、のちに図らずも、この八雲の心ない願いは実現してしまうことになる。カズン・ジェーンは病に冒され、亡くなってしまうのである。

しかし、このジェーンと八雲とのキリスト教信仰をめぐる厳しいやり取りは、八雲に強烈な恐怖心を植えつけることになった。そして八雲は、以後、異常なほどのキリスト教嫌いになってしまう。それだけではなく、同時に八雲は心からジェーンを憎むようになってしまったのである。

季節が巡り、やがて八雲は、秋の夕暮れどきにジェーンに再会する機会が訪れることになる。

ジェーンの〈顔なしお化け〉を幻視する

しかし、ジェーンと八雲との再会は、実に奇妙な出来事をともなっていた。八雲が久しぶりにジェーンを家のロビーで認めると、「ジェーン姉さん!」と大声で呼びとめた。そして、八雲は彼女の寝室に駆け込もうとした。

八雲は子どもらしくジェーンが微笑みながら振り返ってくれると期待して、顔を上げた。すると「……そこにはジェーンの顔はなかった。顔の代わりにあったのは、青ざめた、のっぺりしたものだけだった。わたしが驚いて目を見張っているうちに、ジェーンの姿はかき消えてしまった」のである。そして、あまりの恐ろしさに、八雲は叫び声をあげることさえできなかった。

ジェーンの顔のない面相、〈のっぺらぼう〉とは、いったい何であったのだろうか。ジェーンに顔がなかったということは、いったいどういうことなのか。八雲が嫌い抜き、おびえ、死を願ったカズン・ジェーンへの強迫的な気持ちが、〈のっぺらぼう〉という表象を取って、幼い八雲の前に出現したのであろうか。つまり、八雲は自分自身の心理的不安を〈のっぺらぼう〉という表象の顕《あらわ》れで受け止めたのであろうか。ともあれ、八雲はしかとジェーンの〈顔なしお化け〉を幻視《み》たのであろう。

そこで思うのだが、〈のっぺらぼう〉あるいは〈顔なしお化け〉という表象は、「存在すべきものがそこにない」という、八雲のうちなる心理不安、〈対象喪失〉のトラウマを表明しているのではなかろうか。キリスト教の神の存在について厳しい説教を受けて以来、八雲にとって、ジェーンの存在はほとんど意味を失ってしまった。否、彼はそれどころか、彼女の死さえ願っていたのであった。しかも、彼女の死はのちに実現してしまう。

ジェーンという存在は、八雲の内面では無化され、〈顔なしお化け〉と化していたのであろうか。だから八雲は、ジェーンの実体（肉体の一部である〈顔〉）を表象する〈ヴィジョン〉を、〈顔なしお化け〉として幻視《み》たということなのではなかろうか。私は『怪談』に代表される八雲の再話文学の原点は、「私の守護天使」に描かれた〈顔なしお化け〉体験にあると考えている。八雲の再話文学は、ある意味で「存在すべきものがそこにない」という彼の悲哀や喪失感、心理学でいう〈対象喪失〉のトラウマを描いているといえるのではなかろうか。

しかし、八雲の再話文学は、それらの〈対象喪失〉を描くことだけにとどまるものではない。書くことによって、その〈対象喪失〉のトラウマからの快復と癒《いや》しの方途を求めていたことも、考えられよう。その点にこそ、八雲の再話文学の基調《キーノート》が静かに脈打っているのではなかろうか、と私は想像している。

つまり、その顔なしお化け体験の原点への回帰と快復から、八雲の『怪談』は誕生したのではないか。この強烈なキリスト教の神との遭遇と異端の神々（魑魅魍魎《ちみもうりょう》）との二重の霊的体験は、八雲にとってはいわば、宗教的感覚の覚醒《かくせい》といえるものではなかったろうか。

繰り返しになるが、八雲文学の基調を成しているものは、おしなべて在るべきものが存在しないという〈喪失体験〉といってよかろう。生母ローザとの突然の別れも、「夢魔の感触」のお化け体験も、ジェーンの〈のっぺらぼう〉体験も、彼の癒しがたい〈対象喪失〉といってよかろう。それらの体験は、彼の存在の根をおびやかす深刻なトラウマといってよかった。

八雲の再話文学が私たちに切々と語りかけてくるものがあるとするなら、それは、〈対象喪失〉の克服とその癒しを生み出している一種のカタルシスのはたらきであろうか。その不思議な力が、八雲の創作の根源的な力となっているのではなかろうか。『怪談』の「むじな」という傑作は、したがって、「私の守護天使」に描かれた幼年期の〈顔なしお化け〉体験なしには考えられなかった。しかも、むしろ「むじな」という作品では、彼の実存的な深刻なテーマを、ユーモラスに〈むじな〉というタヌキの類《たぐい》に託して変奏しつつ展開させた物語となっている。

しかし、「むじな」を読んだ後にそこはかとない、しかし重苦しい恐怖心が残るのは、〈あるべきものがそこにない〉、〈のっぺらぼう〉状況という人間の根源的な恐怖心や不安感に訴えるところがあるからであろう。

そんなとき、私たちは知らず知らずのうちに八雲の再話文学のもっとも深い本質に触れているのである。読者にはぜひ「むじな」の老商人の〈のっぺらぼう〉体験と「私の守護天使」における八雲の〈のっぺらぼう〉体験の心理不安、対象喪失の実相を読み比べていただければと思う。

2　夢の小宇宙としての再話文学

……ポール・エルマー・モアが多分最初に言い出したことだが、ハーンの思想は仏教と進化論とを含み、この結合が、彼の表現並びに思想の型全体を決定した。しかし、さらに第三の要素もある。すなわち、真理は変化する知覚から成り立ち、知覚する人に相対的なものである、と彼に教えた印象主義である。

進化論は、最適者が勝利を占める生存競争では、単なる感覚力はほとんど無力であることを彼に教えたし、仏教は、科学の言う客観界はことごとく幻影、虚無であり、風を摑む愚に等しいと言明した。

ハーンの思想におけるこの三つの異なった、むしろ相容れないと言ってもよい要素が、彼をして単なる文体家以上のものたらしめる、或る種の緊張を生み出している。………

仏教を受け容れながら、またそれを西方の知識と結合することによって、ハーンは、印象主義をして一つの周期を一巡して、その起源の一つたる日本へ立ち返らせた。

日本美術を合言葉としてはじまった運動は、ラフカディオ・ハーンが日本へ行ったとき、英語の散文に最も見事な表現を見いだした。

印象主義は、その心理的な理論の点でも、また、はかない「非実在的な」世界を讃えるというので、仏教徒たちが軽蔑する、木版画を尊敬するという点でも、仏教とは対立しあうものであったに拘らず、ハーンは、少なくとも彼自身の満足をえるために両者を和解させた。

彼がこのことを、それこそ本当の美しさをもった散文の文体でなしたということは、作家としての彼の個人的な功績であり、一般世人の想像のなかに生じた彼についての影像の、半面の誤まりを暴露したからといって、没却できない功績である。

——アール・マイナー——（『西洋文学の日本発見』）

文体実験への強迫観念——アメリカ時代の創作への野心

八雲のアメリカ時代における文学的出発は、いわゆる再話ものを手がける前に、モーパッサン、フローベル、ゴーティエ、ボードレールなどのフランス作家・詩人の翻訳と紹介からはじまっている。とくに八雲がフランス文学の翻訳家としてスタートしたことは、彼を知る上でもっと留意されてよい。とくにゴーティエとボードレールの翻訳を通じて、八雲は自己の文体を構築していったといえる。

八雲には書くべき現実よりも先に見習うべき文体があった、と思われるくらい文体の求道者《ぐどう》であった。彼は小説や物語に手を染める前に「華麗なラテン語の衣装をまとった英語」という夢の文体を獲得する最良の方法として、翻訳を行っていたように思われる。

三十代初めの八雲は、ニューオーリンズの大新聞『タイムズ・デモクラット』紙の文芸部長として健筆を揮《ふる》っていたが、一方、フランス文学の翻訳と紹介にも熱心であった。その頃のニューオーリンズは、ヨーロッパ文化・文学摂取の活気溢《あふ》る窓口であった。

またこの南部の大都会ニューオーリンズは、陽気なラテン文化の雰囲気と異国情緒の香気を漂わせた、文字どおり世紀末風の、大陸に向かって開かれた都市であった。八雲はこの都会について「ニュー・オーリンズの魅力」(『クリーオール小品集』、一九二四)という文章で、次のように活写した。

ここニュー・オーリンズの町は、百年以上も、世界の果からたくさんの放浪者を呼びよせてきている。かつてここの舗道を歩いた人のなかには、ふるさとをインドにもつ人もいたし、日本人もいた。中国人もいたし、マニラ生まれの黒人も、西インドの子供も、南米の子供もいた。回教主の臣下もいれば、イオニア海の水夫もいて、みんな家郷をここに求めてきたのだ。

あらゆる文明国が、さまよえる子たちをここへ送ってよこしたのである。北と東と西の都会という都会が、この遠い、美しい浄土のような南国の都へ、一所不住の、身も心も定まらぬ人たちを托してきたのである。（平井呈一訳）

さまよえる人々が世界中から集まって来るニューオーリンズ。人々は故郷をこの都に求めたという。八雲もその一人であった。八雲はニューオーリンズでの多忙な新聞記者のかたわら、テオフィル・ゴーティエの『クレオパトラの一夜その他』（一八八二）を翻訳し、自費出版した。

一時、この翻訳書は、ニューオーリンズの文学愛好家たちを賛否両論の渦に巻き込んだことがあったけれど、少数だが熱心な支持者を得ることが出来た。八雲はすぐにその熱心な支持者の一人に礼状をしたため、彼のきわめて偏執的といってもよい文学的野心を、次のように披瀝《ひれき》している。

私の（文学上の）年来の夢というのは、ラテン語の文体を、外国の巨匠を範にして、北欧の言語に特有な強さの要素によって、より力強く英語に翻訳すること

なのです。(一八八三年一月、傍点引用者)

八雲はゴーティエのフランス語の翻訳を通して、南欧語(ラテン語)と北欧的なもの(英語)の融合を図り、英語の表現の可能性を追究しようとしたのである。実際、八雲は、ゴーティエの文体にある「旋律の完璧《かんぺき》さ、色彩に対する言葉の暖かさ、官能的繊細さ」などのさまざまな特質を、英語の翻訳に移そうと試みた。

一方、同時期に八雲は、ボードレールの『小散文詩集』や『パリの憂愁』の翻訳も手がけており、聴覚に快く訴える詩的散文の魅力にもとりつかれていた。八雲のボードレールからの影響は、無視できない要素を含んでいる。

たとえば、八雲の『きまぐれ草』(一九二四)の「春の妄想」(一八八一)という散文詩などは、ボードレールの「月の恩恵」という散文詩の翻案といってよい。ボードレールの「月の恩恵」と八雲の「春の妄想」を並べてみるなら、八雲がボードレールに倣っていかに自己の主題を扱おうとしているか、その影響関係が理解できると思われる。

八雲という作家は、言ってみれば、翻訳芸術家といってよく、翻訳を通じて、オリジナルの作品(あるいは原典)の中に自己の芸術的テーマないしは芸術家としての自画像を発見するのが、常套《じょうとう》的な方法といってよかった。「八雲が描く〈自画像〉」の項で紹介したように、とくに八雲がボードレールの「異邦人」を訳出した時などは、八雲は、明らかに自己とボードレールを重ね合せて飜訳を行っていた。初期の八雲の文体上のこだわりは、そういう意味で、ゴーティエ流の装飾的な文体とボードレールの音楽的詩的散文との間を揺れ動いていたといえる。

さらに八雲は、その二つの文体の結合の可能性を、再話ものの処女作『異文学遺聞』*Stray Leaves from Strange Literature*（一八八四）と第二作の『中国怪異集』*Some Chinese Ghosts*（一八八七）において実験しようとしたと考えられる。いわば一八八〇年代の八雲は、ゴーティエやボードレールなどのフランス文学の翻訳をしながら、年来の夢である詩的散文の構築、つまり「華麗なラテン語の衣装をまとった英語」で構築された文体の実験に明け暮れていた感がある。

八雲は、ゴーティエよりも先にボードレールの影響下で出発した作家であった。しかしながら、ボードレールの唱える耳に快く訴える詩的散文に憧《あこが》れながらも、ゴーティエ風の「言葉で色を塗る」文体という強迫観念を排することが出来なかった。このゴーティエ風文体へのオブセッションは、八〇年代の八雲を呪縛《じゅばく》しつづけることになる。そして、その文体の呪縛的影響力は、『異文学遺聞』から『中国怪異集』そして『ユーマ』へと引き継がれているように思われる。

八雲はまた、この時期にピエール・ロチの翻訳も数多く手がけている。ロチの澄明な文体に八雲が自己の文体的理想の可能性——つまり、ボードレールの旋律的調和の文体とゴーティエの絵画的な装飾的文体との結合——を見出《みいだ》したからである。当時の八雲は、将来の創作への野望をとげるために「文体」という美神にとりつかれていたといってよかろう。

たしかに十九世紀末の文学的趣味《テイスト》は、リアリズムや自然主義に代わるものとして、過度に装飾的な文体を好む風潮があったのである。日本時代における処女作、『日本の面影』のごてごてした息の長い文章も、アメリカ時代の実験的な文体の名残りを色濃くとどめている（ちなみに私の『日本の面影』の翻訳は、そうした実験的な文体の側面を、いくぶんか削《そ》ぎ落してある）。

再話作品の初めての試み——『異文学遺聞』の文学的主題

それゆえ、八雲は、三十二歳で自費出版した処女翻訳集、ゴーティエの『クレオパトラの一夜その他』にも、また二年後の、インド、エジプト、イヌイット、アラビアなどの伝説、説話を集めた処女再話集『異文学遺聞』にも、心から満足していたわけではない。この二作は、彼の野心的な文学活動の第一段階をしるす記念碑的な作品集ではあるが、この両者の関係は、前者の翻訳技法や文体への過度のこだわりを、後者の伝説、民話、神話などの再話の語り口に応用してみせた、いわば実験的なものであったといえる。

『異文学遺聞』には、率直にいって、晩年の『怪談』などと比べてみるなら、人為的で装飾的文体へのこだわりと、再話ものとしての語り口のぎこちなさが見受けられる。しかしこの再話集が、のちに八雲が名声を獲得することになる、再話というジャンルの初の試みであった点は、無視出来ない。

この処女再話集、『異文学遺聞』は、五部（「遺聞」「インド文学・仏教文学からの物語」「カレワラの歌」「回教国の物語」「タルムッドの伝説」）から成り、二十七篇の再話小品を収録している。まず、注目すべきは、一部の北欧のものを除けば、ほとんどの作品が非ヨーロッパ文化圏の民話、伝説、神話から集められている点であろう。この採話の目配りの仕方には、いかにも東洋的な美に憧れ、日本を終《つい》の栖《すみか》とした八雲その人の文学的趣味が偲《しの》ばれる。また、二十七篇の作品選択も、一篇一篇を読んでみると厳密に選択されており、それゆえ、八雲の文学的主題に合致するものが多い。アメリカ時代の再話の幾篇は『日本の怪談 II』に収めてあるので、日本時代の再話と読み比べていただければ幸いである。

このアメリカ時代の処女再話集における八雲の文学的主題とは何かといえば、人間の情と知の葛藤《かっとう》が、やがては愛に昇華されてゆくという二元論的な主題である。だが、この『異文学遺聞』では、知と情はあやうい均衡を生み出しているといえる。

韓国の比較文学者ベンチョン・ユーは、すぐれた八雲論、『神々の猿』（恒文社）の中で「この著書全体の中心となる主題は、激情と知性との間にある、人間のたえざる葛藤である」といっている。そして、さらに加えてこの処女再話集は「知性よりも激情の方に力点が置かれている。おそらく激情の書と呼ぶほうがふさわしい」と鋭い指摘をしている。

とりわけ『異文学遺聞』の二篇、「泉の乙女」「鳥妻」などは、『怪談』の「お貞の話」「雪女」「青柳ものがたり」などと同様、昔話で言う異類婚姻譚のパターンを踏襲する作品であるので、日本人にはとくに親しみやすい再話である。この『異文学遺聞』の二篇は、人間と怪異との愛のテーマ、あるいは自然と人間のたたかいと調和のテーマを謳《うた》いあげたものといえるが、情と知のバランスは微妙である。いうまでもなく、これらの情と知の葛藤と調和のテーマは、さらに日本時代の『怪談』をはじめとする再話作品に継承され、深められてゆく主題といってよい。

八雲みずから添えた『異文学遺聞』の冒頭の「解説」を読むと、彼の再話文学者としての方法と自負の念が伝わってきて、興味深い。彼はまず世界中から集めたこの色とりどりの再話集を、「伝説と寓話《ぐうわ》のささやかな寄せ木細工」と定義している。それから続けて、「原石（原話のこと——引用者注）そのものが持っている色彩は、いかにも幻怪で、その燦《きら》めきにはいかにも蠱惑《こわく》的なものがあるのだから、わたくしのようなへたくそな細工師の手にかかっても、それによって本来の値打がまるきり壊されるというようなことは、まずなさそうである」（傍点引用者）と謙遜ぎみに述べている。この再話文学者としての彼の立場は、東大講義録の「赤裸の詩」で語った彼の翻訳哲学と通い合うものがある。

ここで八雲は、再話という名の創作集を「寄せ木細工」と呼び、自分のことを「へたくそな細工師」と謙《へりくだ》っているが、この五頁にもわたる「解説」と二頁もの「書目」に目を通す限り、かなりの自信と野心に溢れた若き日の再話集であることが、逆説的に伝わってくる。

次の引用は『異文学遺聞』の「解説」からであるが、八雲の再話の方法を開陳し、いささか得意げな彼の様子を伝えている。この八雲の再話文学の方法の披瀝は、日本時代の再話の方法と酷似しているのに気づかれるであろう。

> これらの寓話、伝説、たとえ話は、わたくしが手に入れることのできた異国趣味文学のなかで、最も幻想的に美しいものと感銘をうけたものの、いわば作り変えにすぎない。ただし、原話の趣向は、ほとんど例外なしに、もとのままに残し

ておいた。

多少つけ足したり削ったりはしたが、筆を加えたものも、大体原話と同じ紛本からとった材料だったし、また削った箇所は、なるべく反復を避けたかったのと、一般的な読み物としては適当でない事件を削除する必要があったのによる。その点でわたくしが採った虚誕の自由と、詩人としての特権には、とくにご留意をねがいたい。（平井呈一訳、傍点引用者）

再話というのは、一般的には、何かしら原典《オリジナル》があり、それを再話者が独自の読みと想像力で話をふくらませ、独自の文飾を凝らして近代語で語り直したものをいう。また再話文学者というのは、──他にペロー、アンデルセン、グリム兄弟、上田秋成《あきなり》、芥川龍之介《あくたがわりゅうのすけ》、中島敦などの再話文学者と称してもよい作家の名がすぐにも思い浮かぶであろうが──民話・伝説・神話・古典などの原典の枠組みを用いて、よりいっそう自己の想像力の翼をはばたかせることの出来る創作家のことをいうのである。

まさしく八雲という作家は、翻訳にしろ再話にしろ、自己を投影出来るような原典となるべきものが必要であり、その対象に挑むことによって、そこに自己のテーマを重ね合せ、想像力を十全に発揮することが出来るタイプの創作家であった。そういう意味で、腕の揮《ふる》いどころでもある原話の選択は、八雲の人生の主題と文学的趣味とによって厳密になされていたと考えてよい。この方法は、日本時代においても変わることはなかった。

したがって、八雲は処女再話集『異文学遺聞』のことを「ささやかな寄せ木細工」と控え目に呼んでいるが、この作品集は少なくとも生涯にわたる彼の文学的野心の中心的な課題――芸術としての翻訳、詩的散文の試み、神話・伝説の研究、霊的なるものの探究、等々――を総合化しようとした作品集であることはまちがいない。とりわけこの処女再話集は、彼のさまざまな文学上の試行錯誤、あるいは実験的な痕跡《こんせき》をとどめてはいるものの、再話文学者としての「宣言の書」として先験的な意味をもつものである。

翻訳者にして創作家――『中国怪異集』の方法と文体

次作の『中国怪異集』は、ゴーティエ風の装飾的な美文体を徐々に脱し、年来の夢であった詩的散文というスタイルを実現しようとした意欲的な再話集である。しかし、結果はどうであったろうか。たしかに前作の『異文学遺聞』と比べるなら、この六篇から成る『中国怪異集』からは、文体の過度な実験的な側面や荒けずりなストーリー展開は、影をひそめている。

八雲は、各々の物語をひとつの作品として仕上げるのに相当な集中力と推敲《すいこう》の時間を要したようである。友人には「『中国怪異集』は『異文学遺聞』よりもいかなる点においてもはるかに高度な試みである」（一八八八年、H・E・クレイビール宛書簡）と告げ、前作以上に自信のほどを披瀝している。

『中国怪異集』の「はしがき」は、八雲の再話文学の方法上の深まりを開陳している文章だが、とくに彼が原典のオリジナリティを損なうことなく、素材を展開させることにいかに腐心したかが、伝わってくる。つまり、八雲は、原典との付かず離れずといった芸術作品としての再話文学の妙を伝えようとしているのである。この方法上のアクロバティックな離れ業は、たしかに前作の『異文学遺聞』には見られぬ長所である。その「はしがき」を見てみよう。

この片々たる小冊子に対する最上の弁解となるものは、それを構成している材料の特異性にあると、わたくしは考える。これらの伝説綺語《きご》を集めるにあたって、わたくしは何よりも「怪異美」をさぐり求めた。

それについて、わたくしはウォルター・スコットの「古代歌謡模倣論」のなかの、次のような卓見を忘れることができない。

「超自然の怪異は、人類のあいだに広く深く蒔《ま》かれた、ある強力な情感に訴えるものがあるが、それにしてもあまり強く圧力を加えると、とくにその弾力を失い

やすい、一種の発条（ばね）のようなものだ」（平井呈一訳、傍点引用者）

八雲はこの二作目の再話集、『中国怪異集』において、「怪異美」をさぐり求めたといっている。そして、イギリスを代表するロマン派の物語作家、ウォルター・スコットの一文を引用している。この引用で八雲は、中国の怪談をそのまま再生させようとしたのではなく、生きものとしての原典を生かしつつも、翻訳（解釈といいかえてもよかろう）という方法を通じて、創作し直したのだ、と主張したかったのであろう。

他人をいわば出しにして、つまりウォルター・スコットの模倣論を出しにして、八雲が自分の方法を告白しているのは、いかにも八雲らしい。まさしく八雲文学の精華は、翻訳と創作のあわいに、あるいはその両者を結ぶ結節点に開花した生花と称してもよかろう。

この『中国怪異集』は、それゆえ、八雲という翻訳者にして創作家、あるいは創作家にして翻訳者という立場の、より一層見事な実験の成果と見なすことができる。方法論的にも、前作の『異文学遺聞』から数歩歩み出たものと評価してもよいであろう。この野心的な試みにおいて、前著の『異文学遺聞』における知と激情の二元的テーマが、さらに人間の怪異への愛と芸術家の美のテーマへと変容し、昇華されていくのである。

しかしながら、八雲が『中国怪異集』の刊行によって、再話文学者として順風に帆を揚げて、その航路を進みはじめたと考えるのは、早計であろう。『中国怪異集』の成功によって、つまり、年来の夢である詩的散文の達成によって、さらに小説や物語の創作の道に進むための、文体上の問題を解決したわけではなかった。

結論を先にいえば、『中国怪異集』の成功は、言語芸術家としての八雲にとっては、いわば諸刃《もろは》の剣《つるぎ》であった。この再話文学者としての成功には、八雲が将来、近代文学の大道であるはずの小説や物語の道に進まず、第二芸術と軽視されがちな再話文学への道を歩まざるを得なかった要因が、ひそんでいたのである。

「孟沂の話」の文体上の問題点――自然と人間をいかに描くか

たとえば、『中国怪異集』の中に、日本時代の『骨董《こっとう》』の「忠五郎《ちゅうごろう》の話」や『天の河縁起その他』の「伊藤則資《のりすけ》の話」などの怪異の物語世界を彷彿《ほうふつ》とさせる「孟沂《もうぎ》の話」という美しい一篇がある。この「孟沂の話」という作品を読んでみると、前作の『異文学遺聞』で吹き荒れていた人間の激情と知の葛藤という主題が、この世ならぬ美、怪異の美しさへの愛というテーマに昇華されているのが読み取れるであろう。「孟沂の話」では、芸術家の美のテーマと怪異への愛のテーマが、一つにつながり、融和し合っているのに気づくのである。

「孟沂の話」は、若い詩人、孟沂と美女の幽霊、平薛《へいせつ》との恋を描いた作品である。しかし、一読して、日本時代の簡潔にして雅趣に富んだ「忠五郎の話」や「伊藤則資の話」との歴然たる表現上の差異に気がつかざるを得ない。

「孟沂の話」では、あのゴーティエ流の色彩感に富んだ、きらびやかな文体が再び頭をもたげているのである。異国情緒豊かな中国の自然が、色鮮やかな文体とともに物語の前面に押し出され過ぎているきらいがあるからである。そのために主人公の孟沂と平薛の恋のドラマが、直接読者の胸に迫ってくるとはいいがたい。その一例として、二人の出会いの場面を少し長めだが、拙訳で引用してみよう。

美しい婦人は答えました。

「わたくしの一族は平《へい》と申しまして、成都《せいと》では古い家柄でございます。わたくしは文孝坊《ぶんこうぼう》の薛《せつ》の娘で、名は同じく薛と申します。わたくしは平家の康という男の元に嫁ぎましたが、その縁で張家とは姻戚《いんせき》関係となったのでございます。ところが、結婚後まもなく、夫の康は亡くなりましたので、わたくしは、こうして人里離れたこの地でやもめ暮らしをしているのでございます」

女の声音には、小川のせせらぎか、泉がささやくような、眠りを誘う響きがありました。またその言葉遣いには、孟沂がかつて聞いたことのないほどの不思議な優美さがたたえられていました。しかし、女が未亡人であることを知った以上、正式に招かれたわけでもないのに長居をするのははばかられました。供された極上の茶を飲み終えると、孟沂は暇乞《いとまご》いをしようと立ち上がりました。すると、薛は彼を引き止めました。

「そうお急ぎにならずともよろしいではございませんか。あなた様がせっかくお立ち寄りになられたというのに、ろくなおもてなしもせずにお帰ししたとあらば、わたくしが張に叱られてしまいます。どうか、せめて夕食を召し上がって行ってくださいませ」

孟沂は再び腰を落ち着けることにしましたが、心密かに嬉しく思っておりました。なぜなら、薛ほど美しく、気立ても優しい女性にはいままで会ったこともなく、父母に対する敬慕の気持ちよりも、もっと深い愛情を薛に感じてしまったからでした。ふたりが語り合ううちに、夕刻の長い影は、ゆっくり薄紫の闇に融けてゆき、檸檬《れもん》色の夕日の光も、消えうせていきました。

北の空には、人間の生と死と運命を支配する「三公」と呼ばれる星座が、冷たく光る瞳を見開いて、瞬《また》いておりました。薛の館には、彩り豊かな燈籠《とうろう》が灯され、晩餐《ばんさん》の支度が整えられました。孟沂は食卓につきましたが、並べられたごちそうなどは目にも入らず、ただ目の前の美しい人のことばかりを思い続けておりました。

孟沂が皿に盛られたごちそうにもろくに箸《はし》をつける様子がないのを知ると、薛は酒をすすめ、ふたりは共に盃《さかずき》をかさねました。紫色の酒は盃に露《つゆ》が結ばれるほど十分に冷やされておりました。でも、飲み進むうちに、不思議な炎が全身に満ちていくように、からだが温まってくるのを感じました。盃を重ねるうちに、孟沂には、すべてのものが魔法にかけられたような輝きを帯びているように思われました。

応接間の壁は遠くに退き、天井は高くなり、明かりは鎖でつるされた星のように輝きを増してゆきました。そして薛の声が、まどろむ夜の静寂《しじま》の彼方から聞こえてくる遠い旋律のように、孟沂の耳に届いてきました。

長々と引用した一節は、私の翻訳では充分伝えることが出来ないのであるが、とくにゴーティエ好みの装飾的な細部描写を含む箇所である。この二人の出会いの場面は、たしかに色鮮やかな中国という異国の自然を背景にしながらも、八雲的なコズミックな感覚にひたることが出来よう。しかしながら、あえていえば、これらの長々とした美しい自然描写は、二人の運命を暗示する相関的表現として、直截《ちょくせつ》に読者には伝わってこないうらみがあるのではなかろうか。

ベンチョン・ユーも、『神々の猿』の中で二人の出会いの描写を取りあげて、「ハーンが恋人たちの運命を劇的に表現することよりも、夕空の色合いの方に興味を抱いているために、孟沂と平の薄幸な恋は効果的に浮かび上がってこない」(第二章「わが年来の夢」)と不満を述べている。私もまったく同感である。

ところで、八雲には小説と称してよい作品が二作あった。『チータ』(一八八九)と『ユーマ』(一八九〇)がそれである。読むたびに、私は『チータ』の熱帯地方の自然描写の極彩色にはいつも圧倒される。しかし、小説としてはいささか退屈だと思っている。私の『チータ』と『ユーマ』に対する不満の理由は、ちょうど「孟沂の話」の場合と似ている。「孟沂の話」も『チータ』も共に、八雲の文体の華麗さ、自然描写の執拗さが、かえって物語の登場人物の躍動感やドラマの集中力を奪っているのである。仏領西インド諸島の物語《ロマンス》『ユーマ』においても、文体の華麗さが作品を読みづらいものにしていることは、否めない。この作品でも、ベンチョン・ユーの指摘するとおり、「八雲は、真の関心事であるはずの人間ドラマに対して、注意力を失ってしまっている」と思われる。

以後、結果として、八雲は来日(一八九〇年四月)直前に発表した物語『カルマ』を最後に長編の物語と小説を断念することになるのである。その理由は、『中国怪異集』と『ユーマ』の例でも明らかなとおり、八雲は近代の物語作家や小説家に必要な、人間同士の葛藤のドラマを生々しく、リアリスティックにプロットを立てて描く構想力を資質的に欠いていたからだと思われる。

一八九七年に友人に宛てた書簡の中で、八雲自身、小説が書けないことを自覚していたようで、その理由として、「人生に対する知識が少ないこと」や「現代社会の人工的で複雑な発展」などを挙げている。しかし、八雲が小説家として大を成すことが出来なかったのは、彼の人物造形力の弱さや劇的構想力の欠如によるものと考えられる。これは彼の文学的資質に由来するものであるが、もう一つの理由は、何よりも彼の年来の夢であった「詩的散文」へのこだわりからも胚胎《はいたい》するものであった。

単純な文体への開眼――『怪談』という夢の小宇宙

私は、八雲にとってなぜ再話文学なのかを説明するために、これまでの彼の詩的散文という文体へのこだわりと後の小説・物語の断念の二つを、まずその根拠として挙げてみた。そして八雲の一八九〇年四月の来日時期が、近代小説や物語という長編のジャンルを半ば断念しかけてからであるという点も、はなはだ興味深い問題を提起する。しかしながら、八雲は一八九〇年の四月四日、三十九歳の時に来日を果したが、その時、彼は文体上の問題をすべて解決していたわけではない。

八雲は、東洋日本への憧れとは別に、作家的野望を抱いて日本にやって来たことはたしかである。来日の四ヵ月前に、八雲は、日本での取材旅行のきっかけを作ってくれた『ハーパーズ・マンスリー』誌の美術主任パットンに詳しい日本での著作プランを書き送っていることからも明らかである（一〇一頁参照）。

八雲は、日本時代にいわゆる近代小説の構想をもつような作品はついに書くことはなかった。彼の日本時代というのは、なによりもアメリカ時代の詩的散文という文体のこだわりを徐々に改めてゆく時期に当たると考えてよい。

日本時代の八雲はチェンバレンなどの感化を受けながら、もっと多様で自由な詩的散文体を獲得してゆくのである。それらの代表的な文体《スタイル》は、散文詩、小品《スケッチ》、再話（昔話・伝説）、随想の四つのジャンルに大別される。中には、『日本の面影』のような紀行文風の随想や、焼津を舞台にした瞑想《めいそう》的で哲学的なスケッチ、あるいは「橋の上」（『日本雑録』、一九〇二）のような小品と物語《コント》との中間のスタイルの作品もある。

しかし、八雲の生涯の文学的達成を考える場合——私の好みからいえば、紀行文や随想に心惹《ひ》かれるが——、なんといっても『影』（一九〇〇）あたりからその数を増し、『骨董』（一九〇二）『怪談』（一九〇四）『天の河縁起その他』（一九〇五）などで全面開花を迎える再話文学にその精華の頂点があった、と考えるのが妥当であろう。

その経緯《いきさつ》を説明するには、八雲来日後四年目にして、初めて起こった文学上の転機について、触れざるを得ない。来日四年目の一八九三年、八雲は、イギリス人で東京帝国大学教授のB・H・チェンバレンとの手紙のやり取りの中で、これまで固執してきた詩的散文の限界に気づき、自分の文体の変更の鍵《かぎ》を見つけ出したことを報告している。この転機には、チェンバレンという人物からの示唆の他に、日本に暮らすことによって受けた日本的美意識からの感化と妻節《せつ》との生活から得た創作方法の変化などが考えられる。八雲がチェンバレン宛の手紙で次のような告白をしているのは、注目に価する。

私は、長いあいだ詩的散文を研究した後で、今強いて単純さというものを研究しております。徹底的に装飾を試みたあとで自分の誤りに気づき、方向を転換いたしました。

重要なことは単純な言葉に感動することとです。私の文体はまだ完成していません――人工的すぎるのです。一、二年研究をつづけます。その頃までには、ましな文体を作り上げることができるだろうと思います。(一八九三年二月十八日付)

この八雲のチェンバレン宛の書簡は、八雲が美文体の詩的散文による試作の果てに表現の単純さという境地に辿《たど》り着いたことを伝える貴重な手紙といえる。八雲のこのいわば文体改宗の告白は、四十二歳の時のものである。当時の世紀末風の装飾的な美文体の流行という時代背景を考慮に入れたとしても、自己の文体の究極の発見という一事に関していえば、八雲はいささか晩生《おくて》としかいいようがないのかもしれない。

ともあれ、八雲は、この時期に至って平易な文体をもってして、すべての装飾的文体と同様の効果を生み出すことが可能であるとの考えをいだくようになったのである。八雲は「最もむずかしいのは、完璧なる平易さです」とも、このイギリス人の友人に手紙で付け加えたのであった。

一八九三年という年は、八雲がこれまでの文体実験の試行錯誤の結末を認めた画期的な年であったといえよう。と同時にこの年は、日本での処女作『日本の面影』（一八九四）が出版される前年に当たっていた。したがって「完璧なる平易さ」の追究は、『日本の面影』の紀行文の中に挿入された四篇の怪談話にも影響を与えていると考えてよかろう。

たとえば、『日本の面影』の「日本海に沿って」や「神々の国の首都」の紀行文の中に、八雲によって拾われ、再話された「鳥取の蒲団《ふとん》の話」「子捨ての話」「小豆磨《あずきと》ぎ橋」「水飴《みずあめ》を買う女」などの四篇の怪談話が収められているが、これらは表現の平易さ、素朴さという点から言っても、晩年の『骨董』『怪談』の系譜につながる小品といえる。

その一例として「日本海に沿って」の中から「子捨ての話」を拙訳で引用してみよう。この小話は、夏目漱石の『夢十夜』の「第三夜」の「子捨て」テーマに酷似していることから、漱石が八雲からインスピレーションを受けたのではないかと憶測されている問題の作品である。

昔、出雲《いずも》の国（現在の島根県の東部）の持田浦《もちだのうら》という村に、ひとりの百姓が住んでいました。男はひどく貧しかったので、子どもなぞ持てるものではないと思っていました。

女房に赤ん坊が生まれると、そのたびに川に流し、村人の前では死んで生まれたと言いつくろっていました。赤ん坊は男の子のこともあり、女の子のこともありましたが、生まれてくればかならず、夜のうちに川に捨てられました。

こうして、六人の子どもが殺されました。

しかし、年月が経つにつれて男の暮らし向きも豊かになっていきました。田畑を買い、いくらか蓄えもできました。そのころ、女房が七人目の子を産みました。男の子でした。

男は言いました。「ようやくわしらも、子どものひとりくらいは養えるようになった。わしらが年をとった時に、面倒を見てくれる息子がいるでな。この子はずいぶんと器量がええことだから、ひとつ、育ててみることにするか」

子どもは日に日に大きくなっていきました。男はしだいにそれまでの自分の料簡《りょうけん》が嘘のように思えてきました。わが子の可愛さが、日ましにしみじみと感じられるようになってきたのです。

夏のある夜、男はその赤ん坊を抱いて庭に出てみました。子どもは生まれて五月《いつつき》になっていました。

その夜は大きな月が出て、いかにも美しい晩でしたので、男は思わず大きな声で言いました。

「ああ、今夜はめずらしいええ夜だ」

その時、赤ん坊が男をじっと見上げて、まるで大人のような口を利きました。

「お父っつぁん、あんたがしまいにわたしを捨てなすった時も、今夜のように月のきれいな晩だったね」

そう言うと、赤ん坊はごくあたりまえの赤ん坊らしい顔つきに戻って、それきり何も言いませんでした。

右に引用した「子捨ての話」からもうかがえるように、八雲は日本において平易な表現法に開眼したのみならず、アメリカ時代の再話作品と比べると、初めて主題に応じて文体を自在に操れるようになったといえるのではなかろうか。私は、先に八雲は日本において初めて多様なスタイル――たとえば、小品、再話、紀行、随想などテーマに応じた文体――を獲得したと述べたが、とくに『心』（一八九六）という作品集などは、こうした八雲の主題の多様さとともに文体の自在さが見事な調和を見せている見事な著作であると思っている。

さらにいえば、八雲の日本時代の十三、四作にも及ぶ著作は、こうした色とりどりの自在な文体を駆使した、明治時代の日本の庶民の「心で感じられた生活」のさまざまな様相を描いたルポルタージュの文学といった側面も無視できないであろう。

創作と妻節の存在――八雲的主題の追究

この一八九三年のいわゆる文学上の転向宣言ともいえる書簡は、のちに、『怪談』のような素朴にして雅趣のある文体を生む素地を作る動因となったと考えられる。この文体改革の成果が、のちの『怪談』を頂点とする再話文学を生み出すことにつながっていったのである。そういう意味で、日本語の読み書きが出来ぬ八雲が、妻節から直接語ってもらった怪談や伝承などを含む仏教説話（『古今著聞集《ここんちょもんじゅう》』『玉すだれ』『夜窓鬼談』『百物語』等々）からインスピレーションを得て、創作に没頭したということは、彼の根源的な創作（ポイエーシス）の方法を示しているように思われる。

妻節の口伝えの原話の語りから話を作りなおすという八雲の創作法は、アメリカ時代とは異なって、彼の文体の平明化に決定的な効果をもたらしたのである。節からの口伝えによる創作方法は、彼のこれまでのあまりにもブッキッシュで衒学《げんがく》的な文体のこだわりから、彼を徐々に解放してくれるものであった。

妻節の『思い出の記』は、八雲の創作法のみならず、人柄をも伝えるすばらしい聞き書きの書である。とりわけ次の一節は、八雲の再話の創作（ポイエーシス）の現場、その秘儀の生成ともいうべき瞬間に立ち会わせてくれる尽きぬ魅力をひめている。

　私が昔話をヘルンに致します時には、いつも始めにその話の筋を大体申します。面白いとなると、その筋を書いて置きます。それから委《くわ》しく話せと申します。それから幾度となく話させます。私が本を見ながら話しますと「本を見る、いけません。ただあなたの話、あなたの言葉、あなたの考えでなければ、いけません」と申します故、自分の物にしてしまっていなければなりませんから、夢にまで見るようになって参りました。

八雲は、若い頃から文学的野心に燃えてさまざまな文体の実験と研究を行ってきた。八雲という作家は、再話という小ぢんまりした文学形式の中に、自己の芸術（美）と人生（愛）というテーマの融合を実現することに専心してきたように思われる。その芸術と人生の融和を可能にしたのは、彼の受けた日本と妻節からの感化であろう。この芸術と人生という二元的テーマに調和を与えることが、ロマン派芸術家としての八雲長年の夢であり、真善美を生きることであった。

八雲という人間は、一生かかって芸術家としての大きな夢を盛るために、文体を削ぎ落としつつ、日本において再話という夢想的な小宇宙の文学形式を完成させたといってよかろう。日本の十四年間で辿り着いたその一本の道筋が、彼の言語芸術家としての達成であったといえるのではないだろうか。

小泉八雲と名乗って日本人となった八雲は、超自然なもの——怪異、幽霊（死霊と生霊）、化けものなど——を身近に感じられる日本という湿潤な風土の感化の下で暮らした。そして、スペンサー流の進化論と仏教の輪廻《りんね》思想を何の矛盾もなく結び付けることが出来た。『怪談』という夢の小宇宙に出没する幽霊たちは、過去の累々たる死者の記憶の集積塊というよりも、赤裸々な私たち人間の魂の表白といってよかった。それはまた、八雲自身の魂の顕現《あらわれ》でもあった。

八雲は、結局、小説や長編の物語といった、近代リアリズムと構想力を要するジャンルで大きな仕事は成し得なかったかもしれない。しかし、私たち日本人の住む土地土地の地霊、妖異、幽霊を呼び起こす霊的感応力を有していた。それゆえ、日本の地霊や霊界にも通じた隻眼の人、小泉八雲は、なぜか私たちにとって忘れがたく、なつかしい存在である。

その存在理由《レゾン・デートル》の魅力とは、このいささか古ぼけた再話という小さな言語空間にみずからを限定することによって、アメリカ時代の産物である『異文学遺聞』や『中国怪異集』から引き継いだ、芸術（美）と人生（愛）の融和、人間と自然のたたかいと調和といった、古くて新しいロマン主義派的な人間と霊界のドラマを、一貫して深く追究していった姿にあるのではなかろうか。

3　〈永遠に女性的なるもの〉をめぐって

再話文学者としての八雲

八雲の再話ものと呼ばれる作品群は、彼の日本時代、とくに晩年に集中しているかのように思われているが、前述したように、決してそうではないことを、語ってきた。たとえば、彼が一八八四年（明治十七）、三十四歳の時に出した『異文学遺聞』などは、エジプト、イヌイット、南太平洋、インド、ユダヤ、アラビアなどの伝説・説話を採話し、彼独自の語り口をまじえて、文字どおり、語り直した再話作品集であった。八雲の文学的出発は、日本での作家的な成功を考えてゆく上で、まずフランス文学の翻訳者としてであり、次いでこの再話文学者としてである点は、繰り返し強調し、確認しておきたいと思う。

とくに創作家としては、彼の資質からも、また彼の才能をいかんなく発揮でき、かつ作品として成功しているという点から見ても、八雲は根っからの再話文学者といってよかろう。彼の一生は再話文学者としての発展にあったと考えてみることができる。

彼の作家としての展開については、このアメリカ時代の初期の再話集と、後年の日本時代の再話集を比較してみると、完成度の高さ、さりげなく打ち出されている彼の批評精神や思想性（アニミズム、仏教の輪廻説とスペンサーの進化論の不思議な混淆《こんこう》）の深さにおいて、後者の日本時代に軍配が上がるのは、当然であろう。この八雲の再話文学者としての深まりを例証するために、女性の描き方の変化の特色を比較してみるのも、興味深いアプローチかと思われる。

そういう意味で、処女再話集の『異文学遺聞』に収録された「泉の乙女」を取り上げてみたいと思う。この美しい作品は、後年の『怪談』の世界を彷彿させるのみならず、八雲における〈永遠の女性〉と称すべき原イメージを明確に定着させており、今後もっと注目してよい再話作品の一つと思われる。この作品を味読してみると、たしかに八雲の女性像には、黒髪の母ローザ・カシマチの面影がたえずまとわりついている感が深い。

この八雲のアニマ——男性の内なる〈女性〉像——としての〈永遠の女性〉は、後年、さまざまな彩りと豊かさを増しつつ、『心』の「君子」や「ハル」、『怪談』の「雪女」や「お貞」などの女性像の造形に発展していったと考えられる。さらに興味深いのは、この「泉の乙女」という作品が、八雲の永遠の〈内なる女性〉、つまり、アニマ像であるのみならず、彼の再話文学の手法の骨法を余すところなく示している点であろう。

女性の神性とその二重性――「泉の乙女」

処女再話集『異文学遺聞』の「泉の乙女」はポリネシア神話からの再話であるが、晩年の「雪女」と合わせて読んでいくと、八雲の内なる〈永遠の女性〉像を描いている作品ではないかと思われてくる。とくに「泉の乙女」の作品分析は、八雲の創作の秘密に分け入るためにもぜひ試みられるべきであろう。

まず「泉の乙女」の主人公の女性のもつ永遠の美しさと聖性は、「雪女」という作品と不思議なほど酷似している。たとえば、主人公の「泉の乙女」は、「不老不死のふしぎな種族に属する女と見えて、いつまでたっても同じに見えた。気がつくと、近ごろでは目もとなども、前よりいっそう深く、美しいものに――気味わるいくらい美しいものになってきた」と描写されている。

しかし、後に比較するように、「泉の乙女」には人間（男性）への信頼感が強く表現されているが、「雪女」の場合は、人間（男性）の裏切りを描いている点に留意しておきたい。次に「泉の乙女」の結末を拙訳で引用してみるが、「雪女」や「青柳ものがたり」の結末とは異なっている点に注目していただきたい。「雪女」や「青柳ものがたり」では主人公の女性は男性の許《もと》から去ってしまうのだが、この「泉の乙女」

の結末では、乙女はアキという男性の許へと帰ってくるのである。

アキは百歳を超えても、生きておりました。娘の帰りを、ヴァイピキの泉のほとりで待ち続けました。とうとう、アキの髪も夏の雲よりも白くなってしまいました。そこで、島の人々はアキを彼の家まで連れて帰り、蛸木《たこのき》の寝台に寝かせました。村の女たちはみんなで、アキが亡くならないように世話をしておりました。

それは、新月の夜の、月が昇ってきたときのことでした。にわかに低く甘い美しい声が、聞こえてきました。その声は、古い昔の唄をうたっていました。その唄を覚えている者もおりましたが、五十年も昔の唄でした。歌声はせつないほど甘く美しいものでした。

新月はたかくたかく昇っていきます。蟋蟀《こおろぎ》は歌うのを止め、椰子《やし》の木は風になびくのを止めました。

そのとき、なにか重たいものが、アキを見守る女たちの上にのしかかってきました。女たちは目を見開いているのに、手足を動かすことも、声を出すこともできませんでした。月の光よりも白く、湖の魚のようにしなやかな容姿の一人の女に気づいたのは、そのときでした。

居並ぶ付き添いの女たちのあいだをすべるように通り抜けると、女はアキの白くなった頭を自分の光り輝く胸に抱きとめました。そして女はアキに歌いかけ、口づけしては、老いたアキの頬をそっと撫《な》でさすりました……。

陽が昇り、付き添いの女たちが起き出してきました。アキの様子を見ようと身をかがめると、アキは静かに眠っているように見えました。けれども、女たちが呼びかけてみても、返事はかえってきませんでした。アキのからだにさわると、アキはもう動かなくなっていました。アキは永遠の眠りについたのでした……。

八雲の女性観が、ロマン主義的な〈理想主義〉に強く彩られていることはいうまでもない。しかし「西洋文学における女性像——日本人の克服しがたい難問」という講義においては、八雲の主観がつよく出ているものの、東洋と西洋の男女関係のあり方の違いを実に端的に指摘している。これも拙訳で紹介してみる。

女性は神である

英文学を学ぶ学生が理解しようと努めなければならぬ最も重要な事柄は、西洋諸国においては、女性は一個の崇拝対象であり、宗教である。あるいは、みなさんがもっとわかりやすい言葉を好むのであれば、女性は一個の神である、と私は主張したいと思う。

女性にまつわる抽象的な観念については、これだけにしておこう。おそらくみなさんは、私が述べた考え方をとくに奇異なものとは思われないであろう。こうした観念は、東洋思想にとっても、まったくなじみのないものではない。インドには、女性汎神論《フェミニン・パンセイズム》の広範な学説が存在している。

もちろん、西洋の考え方も、ロマン主義的な意味においてのみ女性汎神論であるが、東洋の考え方では、それをさらに包括的なものにしている。聖母とか創造主とかについての観念は、千もの形態が存在している。しかし私は、その哲学的概念というよりむしろ、それにまつわる情操と感情とについて述べているつもりだ。

「神聖」という観念および情操というものが、抽象的意味における女性に付随しているとするならば、具体的意味における女性、すなわち個々の女性についてはどうであろうか？　女性たちは個人的に神として考えられているだろうか？　言うまでもなく、それは神という言葉の定義次第である。さて、次の定義は、今述べた論拠を覆《おお》うに足るもののように考えられる。

「神というものは、人間よりはるかにたち優《まさ》った存在であり、人間を助けもすれば、害したりもする。また犠牲と祈禱《きとう》を捧げることによって宥《なだ》め得る存在である」。

さて、この定義に従うなら、西洋諸国における女性に対する男性の態度は、それを一種の「崇拝」として規定してみると、非常に当を得たものとなるように思う。

右の引用文の「神というものは、人間よりはるかにたち優った存在であり」云々《うんぬん》の箇所は、神を女性に、人間を男性に置き換えれば、いっそう分かりやすくなるであろう。この一節は、八雲によれば、神＝女性であるから、女性にまつわる二面性、つまり、肯定的側面――男性を助け、導く存在としての〈女性性〉――と否定的側面――男性を包み込み、絞め殺す存在としての〈女性性〉――について述べていると考えられる。

ここで八雲は、女性のもつ〈神性としての創造と破壊という両極性〉について論じているわけだから、ここは、やはり八雲の内なる〈永遠の女性〉〈永遠に女性的なるもの〉を示唆していると思わざるを得ない。つまり、この神聖を帯びた女性像は、あの「雪女」のもつ破壊と生成という二面性――「老人」を凍死させる一方で、「若者」の方を救い、その「若者」と結婚し、二人の間に子をもうけ、子どもらと人間の「夫」を慈しんだ――に投影されていることにも気づかされるであろう。「雪女」は、雪すなわち〈自然〉のもつむごさと優しさを象徴しているわけだが、またその存在は、「人間を助けもすれば、害したりもする。また犠牲と祈禱を捧げることによって宥め得る存在である」のだ。

私は、「西洋文学における女性像――日本人の克服しがたい難問」という講義のこの一節を訳した時、先ほどの女性性＝自然のもつ両極性があまりにもみごとに「雪女」という作品のテーマと合致しているのに気づき、驚いたのである。そしてまた、八雲のグレート・マザー（大母神）としての〈永遠の女性〉像を、的確に表現している言葉として、私の記憶に強く残っているのである。この両極性は、抽象的な意味での〈女性性〉を表象しているのであるが、個々の女性にも当てはまると思われる。それは私たちが、自分自身の内なる〈永遠の女性〉像について深く想いをめぐらしてみれば、おのずと具体的に感得されるのではなかろうか。

それでは次に、八雲の作品では、彼の内なるアニマとしての〈永遠の女性〉像が、なぜ妖精とか妖怪といった姿かたちをとって登場するのかという問題を、もう少し考えてみることにしよう。そして、そうした〈永遠の女性〉像という理想主義的な女性にまつわる審美眼を生み出す、西洋の文化的背景もみてゆくことにしよう。要するに八雲の抱く日本の女性像も、東洋的というよりも実に西洋的な〈女性汎神論〉の一変種とも思われるからである。

アニマとしての〈永遠の女性〉

八雲の〈永遠の女性〉像を理解するために、私は試みにC・G・ユングの唱えた〈アニマ〉という概念を用いてみた。心理学者ユングの唱えたアニマとは、女性の心の中の〈男性性〉であるアニムスに対して、男性の内なる〈女性性〉のことである。このユングの考え方を援用してみると、八雲文学に登場する女性たちは、たちどころに〈永遠の女性性〉という輝ける聖なるイメージをもって立ち現われてくる。

アニマとは、男性の心の中の女性的心理傾向が人格化されたものである。そして、その男性の内なる女性的なるものは、しばしば魔女や巫女《みこ》、あるいは〝暗闇の力〟や〝霊の世界（無意識）〟とつながりをもって、表出される。それゆえ、心の内の女性的なるものであるアニマは、われわれの無意識の世界の顕現《あらわれ》と考えることができる。〈霊界〉との交信を八雲という人格に可能ならしめているのは、多様な〈永遠の女性〉としてのアニマ像を追い求め、生涯、「夢見」という内面の旅を続けることができたからであろう。

そこで思い出されるのが、八雲の内なる女性のアニマ像そのものを描いているわけではないけれど、『怪談』の巻頭に置かれた「耳なし芳一」という作品の象徴性である。この作品はなぜ、『怪談』の冒頭を飾っているのであろうか。主人公芳一は、霊界（死者）との交信と接触が可能であり、源平合戦の敗者である平家の亡霊たちの怨《おん》念《ねん》を晴らすという、死者との契約に生きる人物である。

私には、〈霊界〉に通じた芳一の存在は、文学者八雲の存在そのものを象徴しているように思われる。平家の落ち武者たちの亡霊を、あたかも実在するかのように幻視し、魂鎮《たましず》めのために、彼らの前で琵琶《びわ》を弾ずる盲目の琵琶法師芳一は、霊的世界と交信し、それを創作力の源泉としていた隻眼の人、八雲そのものの姿といってよかろう。

さらにいえば、芳一が〈霊界〉から呼び起こし、鎮めようとしているものは、たしかに平家の武者たちの〈怨霊《おんりょう》〉にちがいない。しかし八雲は、この作品においても、不可視の〈霊的なるもの〉の意味を、つまり、生者の生を規定するものとしての死者たちの〈霊魂〉の実存性を、われわれに訴えかけようとしているのが伝わってくる。八雲は作品を通して芳一と化し、〈霊界〉の平家の死者たちと密《ひそ》かに通じ合うことによってはじめて、この作品は成就したのではなかろうか。

「泉の乙女」と「雪女」の違い

本題に戻ろう。男性の抱くアニマ像は、一般に母親によって形づくられる、とユングは述べている。そういう意味では、「泉の乙女」と「雪女」という作品は、八雲が四歳の時に別れた実母ローザ・カシマチのイメージを濃厚に留《とど》めているといわねばならない。

しかし、両作品には明らかな相違が見られる。「泉の乙女」の方は、人間アキと妖精の信頼と約束（もう一度、〈乙女〉が人間界に戻ってくるという契り）の成就を謳い上げている。しかし、人間界の男性であるアキと妖精界の乙女との別れは、人間アキの死とともに訪れる。

一方「雪女」の場合は、異界のタブーを犯し、自分を裏切った夫への怒りを哀しみをこめて訴えかけるというふうに大きな違いが見られる。二人の別れの場面を、それぞれ「泉の乙女」と「雪女」（結末部）から引用し、比較してみよう。まず「泉の乙女」から――。

……十年が過ぎたとき、娘はアキに口づけをして、言いました。

「ああ、今度こそ、お別れしなければなりません。さもないと、わたしの命は絶えてしまいます。どうぞ、泉の底の珊瑚《さんご》の塊《かたまり》をはずしてください」

それから、娘はいま一度アキに口づけをして、ふたたびもどってくることを約束しました。それで、アキはついに娘の願いを聞き入れました。娘はアキを一緒に連れて帰りたかったのですが、それはかなわぬことでした。アキはいつかは死ぬべき運命の種族の者でしたから。そして、娘は微かな光を発しながら、泉の奥深くへと消えていきました。

「泉の乙女」の結末は、二人の永遠の別れを物語ってはいるが、アキと乙女との間には、互いの慈《いつく》しみの心があふれている。

次は、「雪女」からの引用である。お雪が人間の夫巳之吉《みのきち》の裏切り（言ってはならぬことを言ってしまうというタブーの侵犯）に出くわし、悲しくも彼岸の世界に戻ってゆくクライマックスである。日本時代の「雪女」においては、八雲の〈永遠の女性〉像としてのアニマは、いっそう哀しいまでに美しく、壮絶さを帯びている。

すると、お雪は、いきなり縫い物を投げ捨てて立ち上がると、座っている巳之吉の上に腰をかがめ、その顔に面と向かってこう叫びました。

「それは、わたしだよ。わたしだ。このお雪だったんだよ。あのとき、もしもひと言でもしゃべったら、おまえを生かしてはおかないと言っただろう。だがな、こうして眠っている子どもたちを見れば、どうしておまえを殺すことができようか。

どうか、この子たちの面倒をよくよく見ておくれ。よもやこの子たちを苦しめるようなことがあったら、そのときこそ、おまえも相応の目にあわせてやるさ……」

そう叫びながら、お雪の声は、風の叫びのようにか細くなっていきました。そして、体はみるみる溶けて、白い霧になり、梁《はり》に向かって渦を描いて立ち昇ると、煙出《けむだ》しから消えてゆきました。

その後、二度とお雪の姿を見ることはありませんでした。

西洋と東洋の美意識

私がここで注目してほしいのは、「雪女」という作品において、八雲は女性性が秘める力を生成と破壊の二元的なものとして、とらえている点である。これはアメリカ時代の「泉の乙女」にはない視点である。自然＝雪をくっきりと女性化、擬人化してとらえる想像力は、西洋人ならではの構想力ではなかろうか。八雲がいかに日本人化していたとはいえ、「雪女」という作品は、やはり西洋人にしか書けぬ作品だと、私が思うゆえんである。それを例証するために、八雲自身の言葉を引用してみよう。

女性を到達し難いもの、理解を絶するもの、聖なるものとして崇《あが》める西洋の女性観――ボードレールの言葉を借りれば、〈汝《なんじ》知ることのなき女性〉という理想、永遠に女性的なるものの理想が道徳的価値を有する、という確信の如きは、そのもっとも顕著な例であるだろう。古来東洋に、永遠に女性的なるものの観念は存在したためしがないからである。(仙北谷晃一訳「永遠に女性的なるもの」第三節)

西洋人と東洋人は、自然を見る場合、異なった見方をするとは古くからいわれてきた。西洋人に比べると、東洋人の場合、自然を、神や女神や霊的存在として性別化して捉らえる意識が、稀薄《きはく》といえるかもしれない。ヨーロッパ系言語と比して、日本語における自然の性別化や擬人化の発達があまりみられなかったのは、その点を裏書きしているかもしれない。一方、東洋人の自然観は、芸術作品の中では〈性〉を超越したものとして表出されているとして、同エッセイの六節において、次のような注目すべき発言を八雲はしている。

私の考えるところでは、この国の驚嘆すべき芸術は、自然の千状万態の中から、われわれに性の特徴をいささかも思い起こさせないもの、擬人的に眺めることとの不可能なもの、男性でも女性でもなく、中性というか、何性とも名づけようのないものこそ、日本人によって、もっとも深い愛と理解を捧げられてきたものだということをはっきりと主張しているかに見える。

いいや、日本人は自然の中に、幾千年もの間、われわれにはついぞ見えなかった多くのものを見ているのだ。

八雲の「永遠に女性的なるもの」という文章は、東西の美学の差異を論じた実に精《せい》緻《ち》なエッセイであり、今日的視点から見てもいささかも古びていない。このエッセイを読むと、日本人の美意識や感性は、戦後に大きく変貌《へんぼう》したかに見えながらも、日本人の美意識までを変えるに至っていないと思われる。

さて、日本人は自然を中性化してしまい、そこに西洋人のように〈性〉を読みとろうとはしない、という八雲の議論にもう少し立ち入ってみよう。八雲によれば、西洋人は自然を女性ととらえ、それを理想化する傾向があるという。そして、そこから西洋人における女性崇拝の観念が生まれた、と八雲は論を進めている。いい換えれば、〈永遠の女性〉という西洋流の観念は、〈自然としての女性〉の理想化から誕生したと主張しているのである。

そこへいくと、日本人のミューズ（詩神）は、いうまでもなく、花鳥風月としての

〈自然〉といってよかろう。そしてそれは、詩心の素晴らしい美とは考えられても、あくまで性を超えた中性的なものにとどまっているように思われる。しかし、私は〈性〉という概念が、日本人と西洋人とでは違うのではないかと考えている。西洋人の〈性〉はあくまで〈セクシュアリティ〉や〈美的官能性〉（性的魅力）に近いのではないかと思う。一方、日本的美意識の中の〈性〉というのは、もっと抽象化され、中性化されたものと考えられる。

美術を例にとってみよう。〈自然〉を描くに際して、西洋芸術では、擬人化と情熱的なまでの性の理想主義が、その根底にあるといわれる。またこうした美に対する西洋的な熱情主義は、その反動として、自然に対する冷淡な一種の現実主義、写実主義に堕しやすいとも考えられる。

八雲はこの点について、「ここで一つ、われわれ西洋の美的進化の過程で、この情感の果たしてきた役割が、総じて有益であったかどうか、あえて問題にしてみてもいいのではなかろうか。……もしかしたら、われわれの審美能力は、ただ一つ主情的な概念の力によって異常といっていいほど一方的にのみ発展させられたのではあるまいか」という疑問を同エッセイで提出している。そして八雲は、西洋と東洋の美術を比較して、次のような思い切った裁断を下している。

細緻の限りを尽くしたヨーロッパの版画が達成したものは、冷たい写実に過ぎぬ。それに対して日本の絵師は、理解を絶する解釈の妙味を発揮して、その生物の形態の特徴はおろか、動きのあらゆる特色に至るまで、数回の運筆のうちに把握してしまう。

不揃いの美学

さらに東洋の、つまり日本のこうした魔術に近い芸術の技法と心は、西洋の審美的な経験には存在しないから、彼ら西洋人に訴えるところがほとんどない、と八雲は論じている。逆に、いわば〈不規則の美〉をよしとする日本人の美意識にとっては、西洋人の審美感覚――釣合いの観念、均整に対する過大評価、平行線や曲線やあらゆる幾何学的な対称性に対する偏愛――は杓子《しゃくし》定規で堅苦しく、すぐれた美だとは考えられない、と断言している。

こうしたわれわれ日本人の美意識と対立する西洋の美意識は、もっぱら人間美を知覚する能力から生じてきたわけである。それゆえ、どうしても自然の見方も、驚くほど擬人的になるのである。つまり、一西洋人でもある八雲は、彼らの自然美についての観念は、人間美、つまり女性美の理想主義から由来しており、古来の女性美崇拝の賜物《たまもの》といってよい、と分析している。

そして、ついに八雲は東洋的な美意識に軍配をあげて、一つの結論を次のように導く。興味深いことに、西洋人でありながら、八雲のように日本の美術・工芸品などの感化の下で暮らした者には、西洋の美意識は、次のように映るのである。何とも厳しい西洋的な美意識への裁断であるが、読者はどう思われるであろうか。

壁や絨毯《じゅうたん》やカーテンや天井など、何かの図柄で、整然と規則的なものを見ると、恐ろしく俗悪なものに接したような気がして、心痛むのである。

われわれ西洋人が今なお、西洋の装飾芸術の機械的な醜悪さに我慢していられるのは、永いこと自然を擬人的に眺めることに馴《な》れてきたからである。

女性としての〈自然〉

アメリカ時代の「泉の乙女」と日本時代の「雪女」をケース・スタディにして、八雲の内なる〈永遠の女性〉像を考えてきた。私はその例証のために八雲のエッセイ「永遠に女性的なるもの」における東西の美意識の比較論を紹介してきた。しかし一言断っておけば、八雲のように、西洋と東洋の美意識に甲乙をつけるのが、私の本意ではない。根本的な東西の審美的な観点の違いを弁別しつつも、八雲は抜きがたく西洋人であったがゆえに、日本の怪談や昔話を素材にし、日本女性を描きながらも、きわめて西洋的なテーマである〈永遠の女性像〉、〈女性汎神論〉を脱性化された形で昇華し、展開させることができたのである。この点が、私の主張したいところである。

たとえていえば、「雪女」という存在は、実母でもあり妻節でもあるというように、きわめて複合的にして抽象化された〈女性性〉に昇華された、神的存在であると考えられる。西洋の想像力は、〈自然〉を女性的なものとして把握してきたことはすでに述べたが、しかし、八雲の『怪談』を初めとする再話作品の中の女性は、西洋的な性愛主義や擬人化を脱し、それらを昇華し、脱性化された女性像を示しているといえる。

先に私は、八雲の「雪女」のテーマを見事に要約していると思われる講義録の一節として、「神というものは、人間よりはるかにたち優った存在であり、人間を助けもすれば、害したりもする。また犠牲と祈禱を捧げることによって宥め得る存在である」を引用して、神である女性性の二面性（創造と破壊）を指摘した。さらに、八雲が「泉の乙女」や「雪女」のことを念頭において論じているのではないかと思われる一節が（「永遠に女性的なるもの」（第五節））に出てくるので、紹介してみたい。


……見るもの、聞くもの、感ずるもので、あるいは美しく、あるいはあえかに、あるいは愛らしく、あるいはやさしいものとしてわれわれの琴線に触れてくるものはすべて、朧《おぼろ》ろげな女性の幻を伴ってくる。われわれの幻想が自然に男性を感ずるのは、自然が凄《すご》みと力にあふれている時だけである——さながら、その無骨で力強い対照によって、〈永遠に女性的なるもの〉の魅力を一段と高めようとでもいうかのように。

いや恐ろしいものさえ、そこに恐ろしさの美が認められれば——破壊でさえ、そこに優美さが感じとれれば、われわれにはそれが女性となる。見るもの、聞くものの美のみならず、ほとんどすべての神秘的なもの、崇高なもの、神聖なものは、見事に入り組んで錯綜《さくそう》の限りを尽くした情感の神経叢《そう》をとおして、われわれに訴えてくる。

この宇宙の曰く言い難い不思議な力ですら、女性のことを語るのである。

八雲の再話文学の世界は、虚心に読むと、彼の薄幸な生い立ち、とりわけ生母との離別から生じた心理的外傷《トラウマ》や孤独な魂の悲哀といったものを、むしろ創作の豊かな土壌にしていると感じられる。そして同時に、彼はいつもこうした女性像をとおして、〈永遠なるもの〉とその形象化とに芸術的価値を置いていた。

「泉の乙女」も「雪女」も、人間の世界で長く暮らしながら、いつまでも美しく、若やいでいる。それらの女性のイメージ群はいうまでもなく、八雲の心の中でけっして老いることのない永遠の母の面影を伝えている。しかもそれらは、不思議な安らぎをもたらす、豊かなわれわれの内なるアニマ像とも響き合って存在している。そして私たちにとって、八雲のアニマとしての〈永遠の女性〉像は、彼の深層における魂の遍歴と重ね合わせながら、幾度も私たちが立ち戻り、思いをめぐらせてみなければならない実在的な生のテーマであることが伝わってくる。

私は再話ものの「泉の乙女」、「雪女」と、英文学講義やエッセイ「永遠に女性的なるもの」とを重ねてみることによって、八雲がなぜ執拗に肯定的および否定的アニマとしての〈永遠の女性〉を描こうとしたのかを明らかにしようと努めてきた。八雲の〈永遠の女性〉像の造形が、日本や外国の古典に依拠しながらも、やはり西洋人でなければ成し得なかった一つの芸術的達成であることも、いくぶんか示すことが出来たのではないかと思う。

妖精と死者に託すメッセージ

八雲は、日本文化の根底には、生者の〝死者との契約〟があると信じていた。しかし、近代文明を享受するわれわれは、その累々《るいるい》たる死者たちの声に、非合理で根拠のないものとして耳を貸さなくなったという批判が、八雲にはあった。

たとえば、「青柳ものがたり」（『怪談』）という秀逸な作品があるが、樹の精 Tree Spirit の化身である美しい少女が主人公の話である。しかし詳細に読むなら、この一篇は、近代人がいかに無慈悲に、功利のために、樹齢の高い木々までを無造作に切り倒してしまうか、いかに無自覚に自然破壊を犯してしまうかを、主人公の青柳という女性の死をとおして、さりげなく批判している作品として読めるはずである。その結果、自然の掟《おきて》から人間がいかに復讐《ふくしゅう》されるかを、作品は深く洞察していると思われる。

樹の精の化身、青柳という娘の存在は、〈人間〉と〈自然〉をつなぐ媒介者であると同時に、その両者でもある。その人間と自然の媒介物である妖精の青柳の存在の意味は、われわれの内に眠っている〈アニミズム〉信仰を呼びさまし、その実存性を強く訴えかけてくる点にあるだろう。

ここでも、八雲独自のアニミズムを通じて、彼は目に見えぬものの姿（樹霊）や耳に聴こえぬものの声（切り倒される柳の木の嘆き）を幻視し、かつ聴きとろうとしているのが伝わってくる。決して声高な近代文明批判を展開しているわけではないが、八雲の「青柳ものがたり」という作品が、私たち近代人の魂に切々と訴えかける不思議な力をもっていることは、認めざるを得ない。八雲の再話文学世界では、不可視なもの、不可知なもの、あるいは聴き取りがたいものに、ある形を与えるための媒介として〈霊的なるもの〉、つまり、妖精や幽霊やお化けが用いられていることが、分かるであろう。

八雲は、〈霊的なるもの〉の意味について、東京帝国大学の講義「文学における超自然的なものの価値」で次のように述べている。少し長いが、重要な箇所なので引用してみる。

しかしわれわれが、いかなる宗教を信じるにせよ信じないにせよ、近代科学の果たした貢献の一つは、これまで物質的で実体があると思ってきたものがすべて、その本質において「霊的なもの」であることをまったく疑問の余地なく証明したことである。たとえわれわれが、幽霊をめぐる古風な物語やその理屈づけを信じないとしても、なお今日、われわれ自身が一個の幽霊にほかならず、およそ不可思議な存在であることを認めないわけにはいかない。

われわれの知識が増大するにしたがって、宇宙の神秘もいっそうその重さを増し、われわれの身の上にのしかかり、ますます怖ろしいものとなって迫ってくる。それは、霊的な神秘といえるものである。あらゆる偉大な芸術は、この宇宙の解きがたい謎というものをわれわれに喚起する。偉大な芸術作品には、つねになにか霊的なものが宿っているといわれるゆえんである。それが、われわれの内部にひそむ、無限なるものに関わるなにかに触れるからである。

偉大な思想を読むとき、すばらしい彫像や建築物や絵画を目にするとき、また美しい音楽に耳傾けるとき、心と精神に感動の戦慄《せんりつ》が走る。その感動はちょうど、人々が霊や神を視《み》たと思ったときに感じる戦慄によく似ている。現代人の受ける感動は、それゆえ、比較にならないほど、より大きく、より深いといえる。

だからこそ、どんなに知識の量が増えようとも、世界は依然として超自然をテーマとした文学に歓《よろこ》びを見出《みいだ》すのである。この先、何百年経とうが、その事実は変わらないであろう。霊的なものには、必ず真理の一面が反映されている。だから、いわゆる幽霊の存在がいくら信じられなくなったとしても、それが表わす真理にたいする人間の関心まで減少することはないのである。

この講義録「文学における超自然的なものの価値」の一節は、今読んでも実に新鮮でスリリングである。とりわけ「われわれ自身が一個の幽霊、ghost にほかならず……」という一行は、八雲ならではの表現といえよう。だが考えてみれば、われわれは、意識するしないとにかかわらず、自分の内なる〈霊〉を感じ取り、他者の〈霊〉と交流しつつ、日々を暮らしているといってよかろう。

われわれの中に ghostly なものの存在が認められるからこそ、われわれは、童話や民話の夢の世界、そこに棲《す》む妖精、妖怪、幽霊などに感応する想像力の翼を、何の不合理、不可解さを感じることなしに拡げることが出来るのであろう。たしかに内なる ghostly なるものの存在への気づきは、われわれを新たな次元の精神世界に誘い出し、われわれの生に彩りを添え、豊かなものにしてくれている。

「文学における超自然的なものの価値」は、八雲の怪談ものの想像力のよってきたるゆえんを説き明かして興味が尽きぬ名講義といえる。これを手に八雲の作品全体を読み直せば、彼の怪奇趣味、超自然的なもの、あるいは夢魔的なものへの異常なほどの関心と畏怖の念が、私たちの魂と響き合い、よりいっそう理解できるのではないだろうか。

八雲の怪談、奇談の世界は、また彼の夢の世界といってもよかろう。そこには前述したとおり、さまざまな魑魅魍魎《ちみもうりょう》が出没するが、中でも読む者にとって、もっとも麗しく、もっとも鮮烈な印象を与え、いつまでも心に残るのは、お貞や雪女や柳の精、あるいはアメリカ時代の「泉の乙女」「鳥妻」などの美しい「妖精」や「精霊」たちである。繰り返していえば、これらの愛しく、やさしい〈霊的なもの〉たちは、単なる妖精・妖怪という彼岸の幻影が生み出したものではなく、八雲のアニマとしての〈永遠の女性〉たちを形象化した、ある意味で実在的《リアル》な存在なのである。

4　妖精たちの棲むところ

〈ゴーストリィー〉なものの探究

小泉八雲の来日前の、つまり三十代の彼のポートレートを見ると、よく私たちが目にする晩年のそれとは異なり、文字どおり、古今東西の異境の美をまさぐり、その薫香を一身に漂わせた、一人の世紀末風の漂泊者の風貌《ふうぼう》が感じられる。八雲は、その風貌どおり、一八九〇年四月に飄然《ひょうぜん》と日本にやって来た感がある。しかし、実は複雑な出自と、けっして気まぐれではない、何か宿命的な日本への衝動が働いていたと思われる。

また、八雲は日本においても実にさまざまな顔――教育者・ジャーナリスト・民俗採集家・文明批評家・英文学者・物語作家としての顔――を持った人物であったが、彼の日本への関心の持ち方には、アメリカでの新聞記者時代と同様に、霊的なもの（ghostly）や奇怪なもの（grotesque）に対する異常なまでの好奇心と畏怖の気持ちから発している場合が、少なからずあった。

それゆえ、彼の日本研究の成果が、論文調の書きもの（たとえば『神国日本』や『心』の中の日本文化論）にあるというよりも、むしろ再話もの（『怪談』や『骨董』）などにあると考えられるのは、彼の本領が本来ゴシックロマン的な想像力にあったことを思えば、当然の評価といわねばならないであろう。

八雲の『怪談』の世界とは、なるほど「インドの苦行的な夢想と、日本の霊妙繊細な美と、ヨーロッパの非情無仮借な科学とが、いっしょくたに混ざり合わさって出来た不可思議なものである」（ポール・エルマー・モーア）かもしれない。しかしながら、八雲文学の多面性や奥ゆきの深さを知るには、第二芸術といわれている『怪談』や『骨董』などの再話ものの耽読《たんどく》だけでは不充分といわねばならない。ひとたびこの八雲の多岐にわたる才能を知れば、あらためて世紀末の汎《はん》ヨーロッパ的精神風土の一産物である彼の作品群の特質について、正当な評価を下してみる必要が生じてこよう。

シェイクスピアの翻訳で有名な坪内逍遥《つぼうちしょうよう》は、八雲の早稲田大学時代に親しく接した間柄であったが、すでに評伝として古典的な地位を築いている田部隆次の『小泉八雲』（北星堂書店）に、世紀末作家としての八雲のプロフィールとその背景を実によく伝える序文を寄せている。

……故小泉氏の筆は、諸評家も已《つと》にいはれた如く、清新で流麗であると同時に寂しみを特質とし、神秘の影を帯びてゐます。

基督教《キリスト》臭味を抜き去つたホーソオンのやうなところもあり、怖《おそろ》しみを和らげたアランポーのやうな脈も見え、アーキングのやうに善良に深切に、アヂソンのやうに穿細《せんさい》に温潤《おんじゅん》に、時々はロマンチシスト風の夢を見てゐるやうな朦朧《もうろう》とした悲観的な骨脈も見え、それに十九世紀末らしい国体論やら、宗教論、哲学論、倫理論の綾絲《あやいと》が織入れられ、とりわけ一見相容れまじきやうにも思はれるダアウィン一派の科学的精神が不思議にも調和を破らずに織入れられてあります。

西洋最近の利己的、功利的、機械的、繁文縟礼《はんぶんじよくれい》的の所謂《いわゆる》物質的文明の大圧迫に之堪《これた》へずして暫《しば》し東洋に隠れ家を求めた最も多感な最も想像的なファン・ド・シエークルの一天才の記念だと思へば、故小泉氏の著書は長く東西に特筆すべきものでありませう。

右の逍遥の言葉は、同時代作家との骨脈や共通性を明らかにしてくれるばかりでなく、八雲の創作のための哲学的背景（スペンサー流の進化思想と仏教の輪廻《カルマ》思想の混淆ないしは折衷）というものが、何とも奇妙な彩りの、東西思想の織り物であることを、われわれに教えてくれる。しかも、坪内の「キリスト教的臭味を抜き去ったホーソン、怖しみを和らげたポー」という評は、言い得て妙である。とりわけ『怪談』などで

〈霊的なもの〉やアニマとしての〈永遠の女性〉という西洋的テーマを、仏教とスペンサー流の進化論をつき混ぜた、一種の〈霊的進化〉説によって追究する八雲にふさわしい寸評であるように思われる。

それゆえ、東西思想の危うい調和の上に、超自然の驚異や夢魔などの恐怖を幼時体験という暗くて深い井戸から汲《く》み出し、それに形を与えたものが、八雲の怪談お化けの世界であるといってよかろう。次に八雲の作品を具体的に取り上げながら、彼の〈妖怪〉、とくに「雪女」「青柳ものがたり」に出てくる〈永遠の女性〉としての〈妖精〉たちについて、さらにみてゆくことにしよう。

〈永遠の女性〉の二面性——「雪女」

八雲自ら『怪談』の序で認めているとおり、彼の霊妙不可思議なる怪談説話は、『夜窓鬼談』『仏教百科全書』『古今著聞集』『玉すだれ』『百物語』などから採話し、語り直したものである。しかし、実際彼が妻節以外の人々から耳にしたり、体験したりした話も少なからずあった。たとえば、「雪女」という代表的な作品は、八雲が東京府下の調布《ちょうふ》村のある農民から、生まれた所に伝承された怪話として聞いたものであるといわれている。

それゆえ八雲は「この説話がすでに日本の書物に書かれてあるかどうか、私は知らない。しかし、この説話が記録してみせる異様な信仰は、かならずや、日本の多くの地方において、またさまざまな興味深い形態をとって、存在し続けていたのであろう」と述べ、この「雪女」という奇談＝民話の日本での遍在性をほのめかしている。

ここで私が指摘したいのは、「雪女」の原話が日本の東北地方のどこに伝わるものかといった詮索《せんさく》ではない。たしかに「雪女」の話は全国に広がっている。むしろ私の関心は、この「雪女」に典型的なように、彼の名篇と思われるゴースト・ストーリーは、ほとんどといってよいくらい八雲の個人的色彩《タッチ》と感情と思想とで練り上げられているという点である。

八雲という作家は、ghostly な世界に、つまり、雪女、お貞、青柳といった妖精や精霊の世界に、自己の魂の原郷というべき世界を発見し、そこにありうべき人間と自然の関係の喪失と回復を謳いあげているのである。そして彼は、そこに必ずや人生上のライト・モチーフ（幼年期の精神的外傷を癒すものとしての主題）を反復し、作品化せずにはいられなかったのである。

「雪女」の場合は、異類婚姻譚というよくある民話のパターンを借りてきて、雪女という自然の（精霊）が人間の男と結ばれ、かつ裏切られ、元の彼岸の世界に戻ってゆくというテーマを扱っている。八雲の発想は日本的だとよくいわれているが、自然すなわち雪を女性化してとらえる視点は、すでに述べたように、むしろ西洋的な想像力の発現とみてよいだろう。

雪女のイメージは、したがって、大自然の猛威や天変地異の象徴であるとともに、すべてを包み込む自然＝雪の、つまり女性の秘めた豊潤さと静けさをも象徴しているといえよう。アメリカ時代の再話の傑作「泉の乙女」もそうであったように、日本時代の「雪女」も、永遠に年をとることがない、聖なる麗しき〈永遠の女性〉であった。次の「雪女」の一節に注目されたい。


お雪は本当によくできた嫁でした。それから五年ほど後に、巳之吉の母が亡くなるときも、息子の嫁をたいそう思いやりのこもった言葉で褒《ほ》め、息を引き取ったのでした。

お雪と巳之吉は、十人の子どもをもうけましたが、どの子もみんな器量がよく、色白の子どもたちでした。

村人たちは、お雪のことを自分たちとは生まれつきどこか違う不思議な女《ひと》だと

八雲の描いた「雪女」のイラスト（小泉八雲秘稿画本『妖魔詩話』）

思っていました。百姓の女はたいてい早く老けこんでしまうものですが、お雪は十人の子どもを産んでもなお、初めてこの村に来た時と少しも変わらず、若々しく、美しいままでした。

思うに「雪女」において、八雲は、アニマとしての〈永遠の女性〉像を形象化することによって、おそらく幽界において悲しげな形相を浮かべる一人の女性、幼年期に生き別れた実母ローザ・カシマチの面影を、まざまざと思い起こしていたのではないだろうか。「雪女」の場合は、夫の巳之吉との間にかわいらしい色白の子を男女合わせて十人ももうけるが、夫の裏切りに出会うところから、話は急転直下、クライマックスに向かって突き進む。夫の巳之吉は、若い頃、雪女を見たという話を妻のお雪(実は雪女の化身)に打ち明けてしまったのである。いってはならぬ、あるいは見てはならぬという昔話特有のタブーの侵犯に、お雪は出くわすわけである。

すると、この思わぬ夫の背反行為によって、お雪は、もう一つの隠された女性性(破壊と狂気)を示しはじめる。彼岸の世界に戻らざるを得なくなったお雪の悲嘆に暮れる姿は、息子ラフカディオをアイルランドに置き去りにして、生地ギリシアに帰ってゆく母ローザの悲しみに通い合うものがある。八雲、四歳の時に母親は、単身ギリシアのキシラ島に帰ったと伝えられているが、これが母との最後の別れとなったのである。八雲の幼年期の体験と作品とを重ね合わせて読むことを嫌う研究者も読者も、きっとおられることと思う。しかし私には、八雲の女性の描き方には、実母の面影や幼年期の母の喪失体験の影響があるのではないか、と推測している。

そのことを考慮に入れて、次の「雪女」の最後の条《くだり》を読めば、生きる〈場所〉を失った女性性の霊の無念さと壮絶さというものがよく伝わってくるように思うのだが、どうであろうか。おそらく十全に生きられなかった八雲の否定的アニマ像である母ローザは、亡霊となって虚空を駆け巡る術《すべ》しか残されていなかったのではなかろうか。それにしても八雲のこの内なる女性であるアニマ像は、厳しくも比類なく美しい印象を、また一種の透明感を読む者に与える。夫の巳之吉のお雪への告白からクライマックスに至る箇所を引いてみる。

ある夜、お雪は子どもたちを寝かしつけ、行灯《あんどん》の明かりで縫い物をしていました。巳之吉は、お雪を見つめながらこう切り出しました。

「こうして縫い物をしているおまえの顔が、明かりに照らされているのを見ていると、十八の時分に起こった不思議な出来事を思い出すんだ。あのとき、今のおまえのように美しく、色白の女を見たんだ。本当におまえによく似ていた……」

お雪は、縫い物に目を落としたまま、答えました。

「その女《ひと》のことを話してくださいな。どこでお会いになったのですか」

巳之吉は、渡し守小屋での、あの恐ろしい一夜のことを話し始めました。

白い女が、にっこりと笑って囁《ささや》きながら、おおいかぶさってきたこと、自分の知らぬ間に茂作が死んでいたことなどを、お雪に語って聞かせました。そして、巳之吉はさらにこう言いました。

「夢か現《うつつ》か定かではないが、おまえと同じくらい美しい女を見たのは、あのときかぎりだ。もちろん、あの女は人間ではなかろう。本当に恐ろしかった。怖くてたまらなかったが、それにしても、とても色の白い女だった。今でも分からないのだよ。あれは夢だったのか、それとも、雪女だったのか……」

すると、お雪は、いきなり縫い物を投げ捨てて立ち上がると、座っている巳之吉の上に腰をかがめ、その顔に面と向かってこう叫びました。

「それは、わたしだよ。わたしだ。このお雪だったんだよ。あのとき、もしもひと言でもしゃべったら、おまえを生かしてはおかないと言っただろう。だがな、こうして眠っている子どもたちを見れば、どうしておまえを殺すことができようか。

どうか、この子たちの面倒をよくよく見ておくれ。よもやこの子たちを苦しめるようなことがあったら、そのときこそ、おまえも相応の目にあわせてやるさ……」

そう叫びながら、お雪の声は、風の叫びのようにか細くなっていきました。そして、体はみるみる溶けて、白い霧になり、梁《はり》に向かって渦を描いて立ち昇ると、煙出《けむだ》しから消えてゆきました。

その後、二度とお雪の姿を見ることはありませんでした。

雪女は、いってみれば、夫の巳之吉も子どもも殺すことが出来ずに彼岸に戻っていった、きわめて人間臭い、悲しみにみちた精霊であった。そこには、八雲文学特有の倫理観と哀感が流れている。逍遥のいう「怖しみを和らげたアランポー」の資質がよく出ているといえるのではなかろうか。それゆえ、「雪女」に典型的なように、八雲の『怪談』という作品集は、ただたんに人間の恐怖心に訴えかけるものではなく、むしろ昔話の基底を成している倫理観や人間の内奥の良心に訴えかける要素が多いように思われる。

たとえば、『怪談』の「おしどり」という小品は、『古今著聞集』巻第二十に典拠を仰いでいるが、つがいのおしどりの死に仮託して、男女の永遠の愛といった八雲の理想主義と倫理思想をそれとなく打ち出した作品となっている。いうまでもなく、日本においておしどりは、古くから夫婦愛の象徴《エンブレム》と見なされてきたのである。

愛における倫理というテーマは、八雲文学の大きな主題の一つといってよく、日本に来て初めて再話した「水飴を買う女」から「雪女」や「青柳ものがたり」の作品に至るまで、自己の来歴と重ね合わせながら、色濃く流れているものである。

近代批判としての〈アニミズム〉――「青柳ものがたり」

なかでも「青柳ものがたり」は、同一の愛における倫理テーマを扱いながらも、八雲のアニミズム信仰を最もよく伝える傑作の一つであるといえよう。これは『怪談』の中でも、私の最も好む作品であるが、一言でいって、人間の自然破壊（樹木の伐採）のむごさを自然＝樹霊の立場から告発したものといってよく、後述するように、痛烈な近代文明批判のメッセージを含んでいる。しかしそれにもかかわらず、声高な主張に陥ることなく、読む者に切々と訴えかけてくる不思議な力をもった作品である。

この「青柳ものがたり」は、辻堂兆風《つじどうちょうふう》の『玉すだれ』の中の一篇「柳情霊妖《りゅうじょうれいよう》」から取っているのだが、柳の木の霊を人格化（女性化）して「青柳」として描いているのは、「雪女」の場合と同様である。つまり、この作品は日本の古典に材を得ながらも、八雲はきわめて西洋的な、ギリシアの樹霊神話を枠組みとして用いているのである。やはり樹の精を女性化し、かつ理想化するという手法は、「雪女」の場合と同じく、西洋人ならではの発想《インスピレーション》の発露といえるのではなかろうか。

さらには作中で青柳が人間同様の姿で現れ、かつ喋《しゃべ》るのは、ただ樹の精が擬人化されて描かれているからだけではない。スペンサー流の進化哲学の考え方から、いずれ樹木も、人間の仕打ちに対して、人間の姿をして現れ、声を発して訴えることもあるのだ、と八雲は暗に主張したかったからであろう。

というのも八雲は、アメリカの新聞記者時代に「人間が木の枝を折ると、木が泣くかもしれないと思って、めったにさわらないようにする、そういう動物と見わけのつかないような植物を、いつかは交配の結果作り出すことができるかもしれない」(「花について」一八八二年二月二十五日付『タイムズ・デモクラット』紙)と書いているのは、興味深い。霊的進化論者八雲らしいおもしろい発想ではなかろうか。

それゆえ、ほぼ二十年後に、八雲のこの霊的進化説は、「青柳ものがたり」に仏教的な潤色を施されて生かされることになったと考えてもさしつかえなかろう。とくに終わりの絶命せんとする青柳の、夫友忠《ともただ》に対する訴えの条は、「木が泣くかもしれない」という八雲の進化哲学をさらに深化させたメッセージとして読めるのではなかろうか。ここの一節は、「雪女」の結末同様、人間の仕打ち(伐採)に遭った壮絶な青柳の最期を伝えている。しかし、「雪女」のような恨みがましさは、まったくといってよいほど感じられない。ここも、少し長いが引用してみたい。

結婚してから五年というもの、友忠と青柳は幸せに暮らしておりました。

ところが、ある朝、青柳が夫と家のことをあれこれと話していると、突然、とても苦しそうな叫び声を上げました。そして、真っ青になったかと思うと、黙りこんでしまいました。しばらくすると、青柳は弱々しい声でこう言いました。

「みだりに叫び声を上げましたことを、どうかお許しくださいませ。急に痛みが差したものですから。

あなた、わたくしたちが結ばれましたのも、前世からの宿命《カルマ》なのでございます。そのご縁で来世でも、もう一度一緒になれましょう。ですが、この現世でのご縁はこれっきりです。お別れするときがやって参りました。……

お願いですから、わたくしのためにお念仏を唱えてくださいまし。わたくしはもうすぐに死にます」

「おかしなことを言うものではない」友忠は驚いて言いました。「気分が少し悪いだけのことだ。しばらく横になって休むがよい。そうすればよくなるだろう」

「いいえ、違います!」青柳は答えました。「わたくしは、死にます。気のせいなどではありません。分かっているのです。もはや隠し立てをしてもしょうがありません。

わたくしは人間ではないのです。わたくしは木の精です。木の魂がわたくしの心なのです。柳の精がわたくしの命なのです。誰かが、たった今、無残にもわたくしの木を伐《き》り倒しているのです。だから、わたくしは死ぬのです。もう泣こうにも、その力さえ残っていません。さあ、早く、早く、お念仏を唱えてくださいまし。早く！　ああ！」

再び苦しそうな叫び声をあげると、青柳は美しいうなじをわきへそむけ、袖で顔を隠そうとしました。けれども、ほとんどそれと同時に、青柳の体は不思議なことにへなへなと崩れて、床に沈みこんでゆき、床の高さと変らぬまでになってしまいました。

友忠は、とっさに妻を助け起こそうとしましたが、何の手ごたえもありません。畳の上にあるものは、美しい妻の着物と、艶《つや》やかな髪に差していた髪飾りだけでした。青柳の体は、どこにも見当たりませんでした……。

「青柳ものがたり」の結末も、「雪女」と同様にまことに壮絶きわまりない。「雪女」は「白い霧になり、梁に向かって渦を描いて立ち昇ると、煙出《けむだ》しから」消えていったが、「青柳」の方は、彼女のからだは、溶解したかのように「影も形もなくなって」しまい、もぬけのからの着物と髪飾りが、その場に残されているばかりであった。

主人公の妖精《フェアリー》に思いを寄せる男性にとって、その存在が突如消失するという恐怖感は、――生母の突然の失踪という八雲の痛ましい幼年期の体験とからみ合って――八雲の作品で反復される基調《キーノート》となっているものだ。おそらくそれらは、八雲の〈対象喪失〉というべき心理的外傷《トラウマ》といってよかろう。

そういえば、八雲は、〈顔なしお化け〉を幼年期に見たという体験を生涯ひきずり、晩年に「むじな」という作品にそのはけ口を見出したことも思いあわされる。しかも、八雲はアメリカ時代の「奇妙な体験」も含めると、生涯少なくとも三度にもわたり〈顔なしお化け〉を題材にして文章を書いているのは、ただごとではなかろう。〈顔なしお化け〉は、自伝的作品の「私の守護天使」とアメリカ時代の「奇妙な体験」という文章で語られているが、いずれの場合でも、その顔なしお化けは女性であって、存在を希薄化された、八雲の否定的アニマ像の顕《あらわ》れであった。

瘤寺の杉木立のエピソード

さて私は、「雪女」と「青柳ものがたり」を中心に語ってきたのだが、話の詳しい筋とか原話との違いについてほとんど触れないできた。というのも、私の主眼は、八雲が妖精や精霊あるいはお化けといった ghostly な存在にどんなメッセージを託そうとしていたのか、またそれらが、人間と自然の営みやからみ合い（葛藤）をとらえなおす上で、どのような媒介的な働きをわれわれに及ぼすものなのかを考えてみることにあったからである。要するに、われわれにとって、八雲の〈ghostly〉なものとは何であったかを考えてみたいからである。
「青柳ものがたり」は、いってみれば、侍の友忠と柳の精である美しい乙女、青柳との俗にいう恋物語の体裁をとっている。しかし、妻青柳の死と夫友忠の出家によってクライマックスを迎えるこの話も、仏教の輪廻思想が八雲流に味つけされて背景に流れている。それゆえまた、彼の性愛を超えた〈愛の永遠性〉というテーマも打ち出しやすいものになっている。しかし私は、八雲にこの作品を書かせた思想的背景は、これだけでは説明がつかないと考えている。この作品が生まれてくる背景には、八雲の実生活上のある深刻な体験があったのではないか、と推測している。

私はこの「青柳ものがたり」を読むと、必ずといってよいほど瘤《こぶ》寺の杉木立伐採のエピソードを思い出す。この出来事は、われわれが想像する以上の深刻な事態を、八雲にもたらしたと言われている。当時八雲の住んでいた東京・市谷富久町《いちがやとみひさ》の家の隣に俗称瘤寺（自証院圓融寺《じしょういんえんゆうじ》）という寺があった。晩年の彼は、ことのほかこの寺の散策と古い鬱蒼《うっそう》とした杉木立を愛したといわれている。ここは、八雲が詩魂を養う聖域であり、旧《ふる》き佳《よ》き日本という詩神《ミューズ》のいなくなった東京の生活での唯一の〃密かな隠れ里〃であった。八雲の子どもたちも、「パパさんは家でなければ『瘤寺』にいる」と言うほどであった。

ところが一九〇一年（明治三十四）、寺の巨大な杉の古木が次々に伐《き》り倒されるという事件が起こった。親しくしていた和尚に代わって、瘤寺には若い住職がやって来た。その年若い住職が、財政上の理由から老木の伐採を思い立ったのである。これによって八雲は、瞑想《めいそう》と散歩の「密かな隠れ里」を奪われてしまったのだ。

前年の一九〇〇年三月には、東京帝国大学における精神的支柱であった外山正一《とやままさかず》総長の逝去に遭遇しており、八雲は孤立感から少々気持の安定を欠いていたとも伝えられている。と同時に、今回の瘤寺の杉木立伐採の一件でも、八雲は自分の身を切られるような痛みと嘆きを感じたと思われる。彼のアニミズム信仰（自然と人間の生命の同等性）を知るものには、単なる八雲の肉体的衰弱から来る感傷とは映らないであろう。

評伝作家E・スティーヴンスンの精細な『評伝ラフカディオ・ハーン』（遠田勝訳）から、その時の状況の記述を引いてみよう。

一九〇一年も終わりに近づいた頃、生木に食い込む斧《おの》の響きが、ハーンの密かな隠れ里を破壊した。ある日、瘤寺の巨大な杉の老木の朽ちた大枝が、すさまじい音をたてて砕け落ち、木蔭にある墓を傷つけた。檀家《だんか》が集まり、その木を切り

> 倒し、売り払うことを決めた。
> ハーンはその木を土地ごと買いとると申し出たが、相手にしてもらえなかった。切り倒されたのは一本にとどまらず、三本であった。
> ……牛込はもう耐え難くなった。彼は、みなで隠岐島《おきのしま》に移りましょうと弱々しく節子に訴えた。それからもっと現実的になって、東京の別の場所に移ることを考えはじめた。（第十九章「瘤寺の杉木立」傍点引用者）

悲しみに暮れる八雲の心境を、実に切々と伝える一節である。この八雲の体験は一九〇一年末のことである。一方、「青柳ものがたり」を含む『怪談』の稿を進めていたのが一九〇二年から三年頃であった。そして、『怪談』の刊行は没年の一九〇四年であった。それゆえ、この瘤寺の杉木立切り倒し事件の体験は、「青柳ものがたり」執筆の動機の一つを作ったのではないか、と私は推定している。

私が引用文に傍点を付した部分に注目していただきたい。スティーヴンスンは「切り倒されたのは一本にとどまらず、三本であった」と述べているが、「青柳ものがたり」の終末に出てくる、青柳と老いた両親の「三本の柳の切り株」という数と図らずも符合している。「青柳ものがたり」の結末の部分を読んでみよう。

友忠は頭を丸め、仏門に入り、諸国行脚《あんぎゃ》の僧となりました。国じゅうを巡っては、霊場を訪れ、青柳の霊のために祈りを捧《ささ》げておりました。越前に着いたのは行脚の途中で、友忠はいとしい妻の両親の家を探しました。けれども、友忠が住居のあったとおぼしい山あいの人里離れた場所に着いてみると、あの小屋はありませんでした。

住まいは跡形もなくなっており、ただ三本の柳の切り株があるだけでした。そのうちの二本は老木でしたが、残りの一本は若木でした。しかしその若木も、友忠が到着するかなり前に伐り倒されていました。

友忠は、柳の木の切り株の傍らに経文を刻んだ石碑を建て、青柳と両親の霊のために、手厚く供養をしてやりました。（傍点引用者）

瘤寺の杉木立をめぐるエピソードは、八雲の近代批評としてのアニミズムの意義を身をもって伝えようとするものであった。この体験上の彼の悲しみと憤りなくしては、この感動的な名篇は生まれてこなかったのではなかろうか。したがって、こうした杉木立伐採の現実を痛みとして感受する人間であればこそ、八雲は、生きとし生けるものの生命の等価値と共同体をアニミズムという立場から、告発することができたのだと思われる。

『怪談』の世界観とその思想的素地

ところで、八雲の『怪談』のインスピレーションの源泉が、その多くを西洋産のお伽《とぎ》話や彼の生まれ故郷のギリシア神話に負うていることは、これまであまり指摘されてこなかったように思われる。八雲は『怪談』執筆とほぼ同時期に、東京帝国大学で主に英文学や西洋文学について講じていたが、なかでも今日残されているその講義録をひもとくと、『怪談』がいかに西洋的な想像力に依拠して書かれているかが分かり、興味津々たるものがある。

たとえば、「雪女」をその文脈に照らして味読するには、先にも引用したが、「西洋文学における女性像――日本人の克服しがたい難問」における西洋の女性の神性とその二面性について論じた部分、「神＝女性というものは、人間＝男よりはるかにたち優った存在であり、人間＝男を助けもすれば、害したりもする。また犠牲と祈禱を捧げることによって宥め得る存在である」を読みこんでみるなら、いっそう理解しやすいものとなると思われる。

さらに「青柳ものがたり」の思想的素地も、「詩歌の中の樹の精」を併読してみるなら、八雲文学における妖精的な存在の役割と意味を見通しておくことができる。

次に講義「詩歌の中の樹の精」の冒頭に近いところにある八雲自身の〈樹の精〉の

定義を引いて考えてみることにしよう。この「青柳ものがたり」の構想の背後には、近代批判者としてのアニミズムの視点以外に、このような講義の下地があったということが分かると、『怪談』の味わい方も違ってきて、いっそうおもしろくなると思うのである。

樹の精というものには二種類ある、とギリシア人は考えていた。果樹の精はメリアドと呼ばれ、その他の樹の精はドリュアスあるいはハマドリュアスと呼ばれていた。樹の精たちは主に女性であり、時折、美しい女性の姿をして顕《あら》われた。樹の精たちには超自然的能力が備わっていたが、彼女たちの生命は樹の生命に依存していた。それで、その樹木が枯れてしまうと、樹の精も死んでしまうのであった。それゆえ、樹の精たちは自分たちが宿っている樹木に心を配り、自分たちの樹木が丁重に扱われているか、あるいは傷つけられたりしていないか、注意を怠らなかった。それによっては、人間に報復したり、人間を罰したりしたのであった。だから、ある樹木を伐《き》り倒すことは、人間にとってとても危険なことだと考えられていたのだ。

日本の伝説では、榎《えのき》はしばしば伐り倒すことが危険な木として考えられていた。ギリシアの数多くの樹木も、このように人間によって恐れられていたばかりでなく、通常、生《い》け贄《にえ》を供えて宥《なだ》められる存在だった。

もちろん、この樹木神話の文学的価値は、類似した日本神話のそれと同じく、人間的感興に――つまり、古《いにしえ》の物語に伴う詩精神と情感に――基づいているものである。たとえば、ある樹霊神話はたいそう美しく、かつたいそう哀れなものがある。そういう物語はわれわれの情感に訴えるのみならず、われわれにひとつの教訓を教えたり、あるいは決して忘れられないやり方で、人間の意志の弱さをわたしたちに喚起してくれたりする。


アメリカで身につけた進化論的な考え方と、日本で深めた仏教の輪廻思想が奇妙な形で混ぜ合わされ、その背景に、西洋的な性愛の観念がきわめて純化された存在としての魅惑的な妖精たちが、生々しく息づいている。それが、晩年の八雲の『怪談』世界の一つの特徴ではなかろうか。

そして、われわれが八雲の〈永遠の女性〉像である妖精たちの棲まう世界に遊ぶことは、人間と自然（宇宙）とのからみ合いやたたかいについて考え、学ぶことでもあると思う。八雲にとって、日本の化けものや妖精たちは、人間と自然とをつなぐ媒介者であったし、彼自身のもう一つの〈自己〉の現れでもあったのだ。

ここで私は、かつて八雲が、東京帝大の講義で「われわれが、幽霊をめぐる古風な物語やその理屈づけを信じないとしても、なお今日、われわれ自身が一個の幽霊にほかならず、およそ不可思議な存在であることを認めないわけにはいかない」（「文学における超自然的なものの価値」）と述べていたのを、再び印象深く思い出す。八雲の言うとおり、すぐれた芸術というものは、多少なりとも宇宙の神秘を、ghostly なものの世界を、われわれにうかがわせてくれるものである。そして、そこに感応できる私たちも、やはり八雲のいうとおり、ghostly な存在に他ならないわけである。

では、八雲のいう ghostly なもの、お化け、幽霊、妖精とはいったい何者なのであろうか。評論家の故・鶴見俊輔《つるみしゅんすけ》の「日本思想の言語――小泉八雲論」（『日常的思想の可能性』）には、八雲のお化けについてのみごとな定義が述べられているので、紹介して、拙文を結ぶことにしたい。

化けものとは、八雲にとって、それを手がかりにして宇宙史に帰ってゆくための道しるべであった。また宇宙に同時に存在するさまざまなものと自分との一体感を回復するためのきっかけでもあった。

……死者（化けものや妖精――引用者注）は、ある場合には生者を助け、ある場合には生者を迫害する、二重の性格を持つものとして現われる。だが、われわれにとってよいにつけわるいにつけ、われわれは、化けものの力を借りて、遠い過去を現在に引きもどし、それをふたたびよみがえらせることができるのだ。

八雲は、日常の生活では補捉《ほそく》しがたい〈ghostly なもの〉に感応する、一種独特な人間の能力を、われわれを豊かにする想像力の源泉と見なしていた。八雲はわれわれに霊的なやさしい存在、美しい亡霊たちを呼び起こし、開示してくれているのである。つまるところ、私たちをより豊かな、霊的存在へと高めてくれるための予兆に満ちた世界が、八雲の再話文学、『怪談』の世界であった。生者と死者の出会う約束の場所《トポス》こそは、いうまでもなく、麗しき妖精たちが棲まうところであり、夢想家八雲の〈夢の理想世界〉に他ならなかったのである。

小泉八雲略年譜

一八五〇年（嘉永《かえい》三年）
六月二十七日、ギリシアのイオニア諸島のひとつ、レフカダ島（サンタ・モウラ島）に生まれる。パトリキオ・ラフカディオス・ハーンと名づけられた。父チャールズ・ブッシュ・ハーンは、アイルランド出身の陸軍軍医で、母ローザ・カシマチはギリシア人であった。チャールズは、この島に駐屯中にローザと結ばれた。

一八五一年（嘉永四年）一歳
父チャールズは単身、西インド諸島へ赴任。母ローザとともにサンタ・モウラで暮らす。

一八五三年（嘉永六年）三歳
父が黄熱病で任地より本国送還となり、十月ダブリンへ戻る。ローザは、すでにその前年親戚《しんせき》を頼り、八雲を連れてアイルランドに移り住んでいた。しかし、チャールズのローザに対する愛は冷めたものになっていた。ローザは宗教・言語・生活習慣・気候の違うダブリンで、暗澹《あんたん》たる日々を過ごす。

一八五四年（安政《あんせい》元年）四歳
四月、父は病癒《い》えてクリミア戦争に出征。八月、弟ジェームズ生まれる。ローザは望郷の念にかられ、単身キシラに帰る。八雲が母に会うことは、その後二度となかったが、慣れない土地で苦労した末、夫に捨てられた母への同情と思慕の念は生涯つづいた。

一八五五年（安政二年）五歳

父母と離れて、大叔母《おば》サラ・ブレナンの許《もと》で暮らす。神経質な子ども時代のはじまりで、夢魔の恐怖体験をしばしば味わう。

一八五六年（安政三年）六歳

従姉妹《カズン》ジェーンと呼ばれる少女の顔なしお化けを見、その死に出会うのも、この頃である。

一八五七年（安政四年）七歳

父チャールズはローザとの離婚が法律上認められ、かねて恋愛関係にあったアリシア・ゴスリン・クロフォードと再婚し、インドへ赴任。富裕で、子どものいない大叔母ブレナンは、八雲にローマ・カトリック式の教育を受けさせ、家督を相続させるつもりであった。

一八六三年（文久《ぶんきゅう》三年）十三歳

九月、英国北東部のダラム市近郊にあるカトリック系の神学校ウショー校（聖カスバート校）に入学。

一八六六年（慶応《けいおう》二年）十六歳

ジャイアンツ・ストライドという遊戯中、誤って綱の先が左眼に当たり、失明する。残った右眼も強度の近視であった。八雲にとって、隻眼と短身が生涯のコンプレックスとなる。

父が、任地インドから帰国の途中、インド熱にかかり、スエズで死亡。大叔母ブレナンが破産する。

一八六七年（慶応三年）十七歳

ウショー校を十月二十八日退学する。フランス、ノルマンディー地方のイヴトーにあるカトリック教の寄宿学校に入学したと伝えられている。しかし、確固とした証拠はない。

一八六九年（明治二年）十九歳

単身アメリカに渡り、ニューヨークから移民列車に乗って、オハイオ州のシンシナティに向かう。どん底生活のうちに、行商、電報配達人、ビラ配り、コピーライター、校正係などの職を転々とする。しかし、図書館などで読書をし、文章を書く訓練を怠らなかった。後に、イギリス出身の印刷所経営主ヘンリー・ワトキンを知り、その食客となる。

一八七四年（明治七年）二十四歳

日刊新聞『シンシナティ・インクワイヤラー』紙の記者となる。彼の記事は文章が美しいと世間でも評判をとり、主筆ジョン・コックリルに大いに文才を認められるところとなる。スポンサーを得て、友人の画家ファーニーと絵入り風刺雑誌『イー・ジグランプス』Ye Giglampz を発行するが、八号で廃刊。

一八七五年（明治八年）二十五歳
混血の女性アリシア・フォリーとの同棲《どうせい》生活（当時異人種間の結婚は法律上禁じられていた）が原因で、インクワイヤラー社を解雇される。
一八七六年（明治九年）二十六歳
シンシナティ・コマーシャル社へ転職する。この頃、少ない給料のなかから古書を買い漁《あさ》り、稀覯《きこう》本、東洋関係文献などを集めはじめた。ゴーティエの怪談を訳す。
一八七七年（明治十年）二十七歳
コマーシャル社を辞し、南下する。ミシシッピ州を経て、ルイジアナ州ニューオーリンズに十一月十二日に到着し、翌年四月まで『シンシナティ・コマーシャル』紙へ同市の風物を通信する。
一八七八年（明治十一年）二十八歳
職探しをするうちに、六月中旬、前年創刊したばかりの小新聞『デイリー・アイテム』に入社が決まる。
一八七九年（明治十二年）二十九歳
経営不振の『デイリー・アイテム』紙のために漫画を描き、これが好評を得て発行部数を増やす。
三月、自立をはかるために貯めた金を元手に「不景気《ハード・タイムズ》」という料理店を開業するが、共同出資者に金を持ち逃げされ、二十一日間でつぶれる。ニューオーリンズにつくづく嫌気がさす。六月二十七日付ワトキン宛の手紙で、初めて日本行きの希望をほのめかす。

一八八一年（明治十四年）三十一歳
年末に『タイムズ』と『デモクラット』の二紙が合併して『タイムズ・デモクラット』となり、南部第一の大新聞となる。八雲は文芸部長として迎えられる。

一八八二年（明治十五年）三十二歳
シンシナティ時代に翻訳したゴーティエの『クレオパトラの一夜その他』を自費出版する。二百篇近いフランス文学の翻訳を『タイムズ・デモクラット』紙に掲載し、当時アメリカに横行した非良心的悪訳追放の範を示す。名訳の文名高まり、生涯の女友だちエリザベス・ビスランドと知り合う。八雲に日本行きを勧めたともいわれる人である。

一八八四年（明治十七年）三十四歳
『異文学遺聞』*Stray Leaves from Strange Literature* を出版する。ニューオーリンズ百年祭記念博覧会が開催され、会場で日本政府派遣の事務官服部一三《はっとりいちぞう》に、日本関係の細かい質問をして驚かす。

一八八五年（明治十八年）三十五歳
『クレオールの料理』（匿名）と『ニューオーリンズの歴史的スケッチ及び案内』を出版する。

一八八六年（明治十九年）三十六歳
若き友人クロスビー中尉と交友を深め、彼に感化されてハーバート・スペンサーの『倫理学原理』に接し、八雲の思想は根本的な変化を与えられる。スペンサーに対する心酔は生涯つづき、この進化論とのちに研究した仏教の輪廻《りんね》説とが結び合わされて、八雲独自の世界観を形成することになる。

一八八七年（明治二十年）三十七歳

『中国怪異集』*Some Chinese Ghosts* 出版。六月初旬、十年に及ぶニューオーリンズの生活に終止符を打ち、七月上旬、西インド諸島のマルティニーク島に行く。九月にいったんニューヨークに戻るが、十月再びマルティニーク島に赴き、二年ほどこの島のサン・ピエールの町で過ごす。ゴーギャンが住んだ翌年のことだった。

一八八九年（明治二十二年）三十九歳

五月、サン・ピエールを出発し、ニューヨークへ帰る。フィラデルフィアの眼科医グールドから提供された一室で執筆と出版準備とに励む。弟ジェームズとの文通はじまる。

小説『チータ』*Chita : A Memory of Last Island* 出版。

一八九〇年（明治二十三年）四十歳

小説『ユーマ』*Youma : The Story of A West-Indian Slave*、『仏領西インドの二年間』*Two Years in the French West Indies*、アナトール・フランスの翻訳『シルヴェストル・ボナールの犯罪』*The Crime of Sylvestre Bonnard* 出版。

『ハーパーズ・マンスリー』誌の美術主任パットンの勧めで、八雲は挿絵画家ウェルドンとともにハーパー社の通信記者として日本に赴く。三月十八日、カナダのバンクーバーから汽船で横浜に向かい、四月四日に到着。横浜、鎌倉、江ノ島、藤沢に滞在する。紀行「日本への冬の旅」をハーパー社へ送るが、その後不利な契約条件を不満に思い、六月上旬、同社との契約を解約、絶縁する。

チェンバレンおよびニューオーリンズの博覧会で出会った服部一三（当時文部省普通学務局長）の世話で、島根県尋常中学校、同師範学校へ英語教師として赴任する。

八月末松江着、九月二日初登校。いっぺんで松江の風土環境が気に入る。また松江市民も人種的・宗教的偏見をもたぬ八雲を、すぐれた教師、文人として、敬愛するようになる。

十月、「教育における想像力の価値」という大講演を、教頭西田千太郎の通訳を介しておこなう。

十二月、西田の媒酌で、士族の娘小泉節と結婚。八雲は生まれてはじめて家庭の幸福に恵まれ、妻節は生涯八雲の創作上のよきアシスタントであった。しかし、松江の冬は、アメリカ南部、熱帯地方の生活に慣れていた八雲の身体にはかなりこたえた。

一八九一年（明治二十四年）四十一歳

八月には出雲《いずも》大社、日御碕《ひのみさき》神社、加賀《かか》浦の潜戸《くけど》、美保関《みほのせき》などに遊ぶ。

十一月、熊本の第五高等中学校に転任。松江に永住するつもりであったが、寒さから身体と眼を守るために、やむなく温暖な九州に移ることになった。

一八九二年（明治二十五年）四十二歳
春休みに博多《はかた》・太宰府《だざいふ》に遊ぶ。夏休みには博多・神戸・京都・奈良・門司《もじ》・伯耆境《ほうきさかい》・隠岐《おき》・美保関《みほのせき》などを回遊する。とくに隠岐が気に入り、三週間も滞在した。
一八九三年（明治二十六年）四十三歳
春には博多を、夏には長崎を訪れる。九州の土地柄が、出雲と比べて粗野で殺伐としているように感じられ、幻滅感を強める。
十一月、長男一雄《かずお》が生まれる。
一八九四年（明治二十七年）四十四歳
四月、讃岐《さぬき》の金比羅《こんぴら》に詣《もう》で、夏休みには単身東京・横浜へ赴き、チェンバレンを訪ねる。
九月、八雲の日本に関する最初の著書『日本の面影』全二巻 *Glimpses of Unfamiliar Japan*（ホートン・ミフリン社、ボストン）出版。年内にたちまち三版を重ねる評判をとる。
十月、熊本での契約切れを機に『神戸クロニクル』の記者となり、神戸に移る。
一八九五年（明治二十八年）四十五歳
四月と十月に京都に遊び、京都大博覧会、奠都《てんと》千百年祭を見る。神戸の鼻もちならぬ欧米文明模倣を嫌う。
九月、『東の国から』*Out of the East*（ボストンのホートン・ミフリン社及びロンドンのリバーサイド・プレス社から同時）出版。日本人の気質をみごとにとらえた名著として、世界に喧伝《けんでん》される。

十二月、チェンバレンを通じて、東京帝国大学文学部英文科講師に招聘《しょうへい》したい旨の申し入れを受ける。

一八九六年（明治二十九年）四十六歳
二月、伊勢神宮に参詣《さんけい》。帰化願いが許可され、「小泉八雲」と改名。

三月、『心』*Kokoro*（ボストンのホートン・ミフリン社及びロンドンのリバーサイド・プレス社から同時）出版。

四月、京都・大津・奈良・大阪の堺《さかい》を巡る。

八月、神戸を去って夫人とともに上京。同月二十日、東京帝国大学総長外山正一《とやままさかず》によるかねての要請にしたがい、講師職の受諾に踏みきる。

九月、市谷富久町《いちがやとみひさ》に居を定め、この家から毎日人力車で本郷の東京帝国大学まで通う。月曜から金曜まで連日の授業で、六年間同じ時間割り（週十二時間）であった。教え子に小山内薫《おさないかおる》・厨川白村《くりやがわはくそん》・戸川秋骨《とがわしゅうこつ》・内が崎作三郎・芳川謙吉・田部隆次《たなべりゅうじ》・石川林四郎などがいた。この六年間にわたる講義は、大谷正信をはじめとする学生たちによって克明に筆記され、八雲の没後アメリカと日本で相次いで出版された。

一八九七年（明治三十年）四十七歳
二月、二男巌《いわお》生まれる。

三月、松江以来心の友であり、創作上の助力者でもあった西田千太郎没す。

夏休みはほとんど毎年、焼津の魚屋山口乙吉《やまぐちおときち》の家で過ごすようになる。その帰途に、教え子の藤崎八三郎と二人で富士山に登る。
九月、『仏の畑の落穂』*Gleanings in Buddha Fields*（ボストンのホートン・ミフリン社及びロンドンのリバーサイド・プレス社から同時）出版。

一八九八年（明治三十一年）四十八歳
ちりめん紙に刷った『日本おとぎ話集』*Japanese Fairy Tales Series* の『化け蜘蛛《ぐも》』その他四篇の刊行が始まる（長谷川版画店、東京）。
十二月、『異国風物と回顧』*Exotics and Retrospectives*（リトル・ブラウン社、ボストン）出版。

一八九九年（明治三十二年）四十九歳
九月、『霊の日本』*In Ghostly Japan*（リトル・ブラウン社、ボストン）出版。

一九〇〇年（明治三十三年）五十歳
三月、外山正一総長逝去。彼の死は、八雲にとって大学における支柱を失ったようなものので、孤立感が深まった。
十二月、『影』*Shadowings*（リトル・ブラウン社、ボストン）出版。同月、三男清《きよし》生まれる。

一九〇一年（明治三十四年）五十一歳
十月、『日本雑録』*A Japanese Miscellany*（リトル・ブラウン社、ボストン）出版。

隣の自証院圓融寺《じしょういんえんゆうじ》（俗称瘤寺《こぶ》）にある鬱蒼《うっそう》たる老杉木立が、寺の財政上の理由でかたっぱしから伐《き》り倒される。八雲はことのほかこの墓地の散策を愛していたので、わが身を削られたような激しい心の痛みと怒りをおぼえた。

一九〇二年（明治三十五年）五十二歳

三月、市外西大久保の新居に移る。

十月、『骨董』*Kottō*（マクミラン社、ニューヨーク、ロンドン）出版。

一九〇三年（明治三十六年）五十三歳

一月、東京帝国大学文科大学長井上哲次郎の名で、三月三十一日をもって解職する旨の通知状が届く。八雲にとってはまったくの寝耳に水であった。八雲はこの忘恩的仕打ちに激怒し、学生たちによる留任運動が起こる。後任として、帰国間もない夏目漱石が講座を受け持つことになる。

病を得て、絶筆となった『神国日本』『怪談』『天の河縁起その他』の稿を進める。

九月、長女寿々子《すずこ》誕生。この年は、恒例の焼津行を取り止めにする。

一九〇四年（明治三十七年）五十四歳

『神国日本』脱稿と同時に、三月、高田早苗《たかたさなえ》学長の招きで早稲田大学文学部に出講する。早大では日本服の教師が多いといって喜び、再び松江に戻ったような気分に浸る。

夏、焼津に遊ぶ。ここから、節夫人に宛てて、片仮名のいわゆる「ヘルンさん言葉」で書かれたユーモラスな書簡が残されている。

九月十九日、一回目の心臓発作が起こる。同二十六日夜、いつもと変わらず、夕食ののち子どもたちと戯れているが、そのまま書斎に退き、襲ってきた狭心症の発作のため息を引き取る。九月三十日、瘤寺で仏式をもって葬儀がいとなまれ、雑司ヶ谷《ぞうしがや》霊園に葬られた。法名「正覚院殿浄華八雲居士」。

四月、『怪談』*Kwaidan*（ホートン・ミフリン社、ボストン）、九月『神国日本』*Japan: An Attempt at Interpretation*（マクミラン社、ニューヨーク、ロンドン）出版。『神国日本』は校正をしただけで、本を見ずに亡くなった。

参考文献（参照した八雲関係の著作）

〈八雲の邦訳著作〉
平井呈一訳『小泉八雲作品集』全12巻（恒文社）
西脇順三郎・森亮監修『ラフカディオ・ハーン著作集』全15巻（恒文社）
平川祐弘編『小泉八雲名作選集』全7巻（講談社学術文庫）
池田雅之訳『小泉八雲コレクション』全3巻（ちくま文庫）
池田雅之訳『新編　日本の面影』『新編　日本の面影 II』（角川ソフィア文庫）
池田雅之編訳『新編　日本の怪談』『新編　日本の怪談 II』（角川ソフィア文庫）
池田雅之編訳『小泉八雲東大講義録――日本文学の未来のために』（角川ソフィア文庫）
柏倉俊三訳注『神国日本』（平凡社東洋文庫）

〈八雲の評伝〉
小泉節「思い出の記」（『新編　日本の面影 II』に収録、（角川ソフィア文庫））
田部隆次『小泉八雲』（北星堂書店）
小泉一雄『父小泉八雲』（小山書店）

坂東浩司『詳述年表ラフカディオ・ハーン伝』(英潮社)
池田雅之編訳『小泉八雲』(作家の自伝82、日本図書センター)
梶谷泰之『へるん先生生活記』(恒文社)
長谷川洋二『八雲の妻　小泉セツの生涯』(今井書店)
E・スティーヴンスン『評伝ラフカディオ・ハーン』(遠田勝訳、恒文社)
O・W・フロスト『若き日のラフカディオ・ハーン』(西村六郎訳、みすず書房)
E・L・ティンカー『ラフカディオ・ハーンのアメリカ時代』(木村勝造訳、ミネルヴァ書房)

〈八雲の研究書〉

築島謙三『ラフカディオ・ハーンの日本観』(勁草書房)
森亮『小泉八雲の文学』(恒文社)
平川祐弘『小泉八雲――西洋脱出の夢』(講談社学術文庫)
小泉時『ヘルンと私』(恒文社)
西成彦『ラフカディオ・ハーンの耳』(岩波書店、同時代ライブラリー)
小泉凡『民俗学者・小泉八雲』(恒文社)
小泉凡『怪談四代記　八雲のいたずら』(講談社文庫)
池田雅之『小泉八雲　日本の面影』(100分de名著、NHK出版)

仙北谷晃一『人生の教師ラフカディオ・ハーン』（恒文社）
西川盛雄『ラフカディオ・ハーンの魅力』（新宿書房）
村松眞一『霊魂の探究者小泉八雲――焼津滞在とその作品』（静岡新聞社）
牧野陽子『〈時〉をつなぐ言葉　ラフカディオ・ハーンの再話文学』（新曜社）
関田かをる『小泉八雲と早稲田大学』（恒文社）
ベンチョン・ユー『神々の猿――ラフカディオ・ハーンの芸術と思想』（池田雅之監訳、恒文社）
平川祐弘監修『小泉八雲事典』（恒文社）
小泉時・小泉凡共編『文学アルバム小泉八雲』（恒文社）
山陰中央新報社編『ラフカディオ・ハーンの面影を追って』（恒文社）
池田雅之監修『小泉八雲―放浪するゴースト―』（生誕１７０年記念特別展、新宿区立新宿歴史博物館）

〈八雲に関連した著作〉

池田雅之・高橋一清編著『古事記と小泉八雲』（かまくら春秋社）
池田雅之・辻林浩編著『お伊勢参りと熊野詣』（かまくら春秋社）
池田雅之・伊藤玄二郎編著『鎌倉入門』（かまくら春秋社）
滝澤雅彦・柑本英雄編著『祈りと再生のコスモロジー』（成文堂）

池田雅之『想像力の比較文学』（成文堂）
池田雅之『イギリス人の日本観』（成文堂）

〈八雲の英文著作〉

The Writings of Lafcadio Hearn（16vol. Houghton Mifflin & Company）
Stray Leaves from Strange Literature（Gay & Bird）
Some Chinese Ghosts（Roberts Brothers）
Chita: A Memory of Last Island（Harper & Brothers）
Two Years in the French West Indies（Harper & Brothers）
Youma: The Story of A West-Indian Slave（Harper & Brothers）
Kottō（Macmillan & Co. Ltd）
Kwaidan（Houghton Mifflin & Company）
Japan: An Attempt at Interpretation（Macmillan Company）
Karma and other Stories and Essays（Harrap & Co. Ltd）
The Life and Letters of Lafcadio Hearn（2vol. edited by Elizabeth Bisland, Houghton Mifflin & Company）
The Japanese Letters of Lafcadio Hearn（edited by Elizabeth Bisland, Houghton Mifflin & Company）

Letters from B. H. Chamberlain to Lafcadio Hearn (edited by Kazuo Koizumi, Hokuseido Press)

Interpretations of Literature (2vols. Selected and edited with an introduction by John Erskine, Dodd, Mead Company)

Japanese Fairy Tale Series (5vols. Hasegawa)

〈八雲の翻訳書〉

Theophile Gautier, *One of Cleopatra's Nights and Other Fantastic Romonces* (Brentano's)

Anatole France, *The Crime of Sylvestre Bonnard* (Harper & Brothers)

Gustave Flaubert, *The Temptation of St. Anthony* (The Alice Harriman Company)

〈英文の評伝および研究書〉

O. W. Frost, *Yong Hearn* (Hokuseido Press)

Jonathan Cott, *Wandering Ghost: The Odyssey of Lafcadio Hearn* (Kodansha International)

E. L. Tinker, *Lafcadio Hearn's American Days* (John Lane the Boldley Head Ltd)

Albert Mordell, *Discoveries: Essays on Lafcadio Hearn* (Orient/West Incorporated)

Edward Thomas, *Lafcadio Hearn* (Constable and Company Ltd)

Setsuko Koizumi, *Reminiscences of Lafcadio Hearn* (translated by P. K. Hisada and F.

Johnson, Houghton Mifflin & Campany)
E. Stevenson, *Lafcadio Hearn* (Macmillan)
Beongcheon Yu, *An Ape of Gods: The Art and Thought of Lafcadio Hearn* (Wayne State University Press)
P. D. and Ione Perkins, *Lafcadio Hearn: A Bibliography of His Writings* (Houghton Mifflin & Company)

あとがき――真・善・美へと向かう歩み

本書を結ぶに当たって、私はあらためて八雲という作家がかつて日本に暮らしていたことの奇跡に感謝の気持ちを捧《ささ》げたいと思う。八雲という存在は、私たち日本人が自分自身や日本の文化を見直す上で、これからますます大切な指標の鑑《かがみ》となるにちがいないからである。

八雲は明治日本の庶民生活の中にある「単純、善良、素朴さ」を愛したが、何よりも日本の美の発見者であった。自信を喪失している日本人には、一度八雲の著作に立ち返ることをおすすめしたい。それは、百年前の古き良き時代へのノスタルジアやナルシシズムからではなく、騒乱の二十一世紀を日本人としてどう生きていったらよいかのヒントを与えてくれるにちがいないと思うからだ。

そういった意味で、本書が八雲の研究書や評伝の類として扱われるよりも、むしろ八雲の生活と文学をとおして、日本人の生き方への問いかけ、あるいは日本人自身による日本再発見の書として読まれることを願っている。

八雲は二十世紀的な意味での作家あるいは小説家といったカテゴリーに属さぬ人物

である。彼は詩人肌の著述家、文学者、あるいは詩人の西脇順三郎が指摘していたように、民俗学者といえるのかもしれない。哲学者の梅原猛は、八雲はそんな近代的な意味での文学者のカテゴリーには入りきらぬ、文明史家的な先見の明を持った思想家として評価していた。

八雲の世界観は、二十一世紀の人類が進むべき「共生」(世界の国々の平和的な交流、異文化間どうしの理解、人間と自然と生きものたちの共生)と「循環」(季節の循環、種《しゅ》の存続、持続可能なリサイクル社会の構築、生態系の保全など)の思想を先取りしているといえる。

八雲の『怪談』を頂点とする再話文学などは、古めかしい骨董《こっとう》文芸として軽視されがちだが、むしろ自然や生きものたちと人間の調和と共存を謳《うた》った宇宙論的《コズミック》な共生の文学、環境《エコロジー》文学といった趣《おもむき》をもっている。この行き先の見えぬコロナ禍の中で、八雲文学は一服の快復剤として、いやしと起死回生の力を秘めていると思う。

八雲文学は、二十世紀的な人間中心主義の文学、つまり人事や心理の文学ではない。そういう意味で、八雲の文学は二十世紀末の高度経済成長期には評価が低迷した感があるが、二十一世紀には正当に再評価され、一周おくれのトップランナー的な役割を負う宇宙論的な文学となっていくように思われる。

本書『小泉八雲　日本美と霊性の発見者』は三章から成っている。第一章の「小泉八雲はなぜ日本にやって来たのか」は、八雲が日本人の美徳と霊性を発見していく旅路を、鎌倉、江ノ島、松江・出雲《いずも》、熊本と評伝風に辿《たど》ったものである。したがって、第一章は日本の ghostly（霊的な）ものとの出会いを中心にした「真」の章と称してもよかろう。

第二章「教育者としての小泉八雲」では、松江と熊本における教育者としての八雲の姿を追った。学生たちの想像力や魂の触れ合いを大切にする教育観を、書簡や講義録などを多用して紹介につとめてみた。それゆえ、この章は八雲における「善」なるものを追求した章に該当すると考えてみた。

第三章「小泉八雲が私たちに語りかけてくるもの」は、八雲の複雑な生い立ちに触れつつ、再話文学の誕生の秘密について語った。八雲は夢や眠りの世界を描くことによって、人間の魂の真理や真実にある「美」を語ろうとしたのであろう。そういうわけで、この章は八雲の中の「美」の世界を受け持つ章ではないかと思っている。

「善」は人のために良きことを行うこと。「真」とは善き行いを積みながら、人間として誠の生き方、真実の生き方を実践することであろう。八雲は生活と芸術（創作）の調和をとおして、「真」の生き方をめざし、「美」を実現していったといえるのではなかろうか。

私は今、第一章は「真」、第二章は「善」、第三章は「美」の章にそれぞれに該当すると考えてみたが、三つの章それぞれに八雲の真・善・美を求める生き方が包含されているといえよう。八雲の来日から亡くなるまでの十四年間（一八九〇—一九〇四）は、私には、八雲の「真」と「善」と「美」の三位一体へと向かう見事な求道《ぐどう》の旅路だったと思われる。

最後に、本書の刊行に漕《こ》ぎつけるまで導いて下さったKADOKAWAの大林哲也さんに感謝申し上げたい。この拙《つたな》い本を、私が小学生の頃、八雲の作品に親しむ機会を作ってくれた亡き父雅雄と母蝶子の霊前に捧げたいと思う。本書は十年ほど前に刊行した『ラフカディオ・ハーンの日本』（角川選書）に大幅な加筆、訂正、削除を行い、全面的に書き改めたものであることをお断りしておく。

二〇二一年八月十一日

鎌倉佐助にて

池田雅之

本書は、二〇〇九年一二月刊行の『ラフカディオ・ハーンの日本』（角川選書）を大幅に加筆修正し、改題のうえ文庫化したものです。

本文写真提供（著者以外、掲載順）
〈小泉家〉
小泉八雲肖像（一八八九年）／家族写真（神戸時代）／チェンバレンの肖像／東京帝国大学の卒業生（明治三二）
〈小泉八雲記念館〉
Lafcadio Hearn のサイン／ウェルドン画「八雲の後ろ姿」／遠眼鏡／帽子／小泉八雲旧居外観／小泉八雲記念館外観／八雲イラスト「古椿」／八雲イラスト「雪女」

小《こ》泉《いずみ》八《や》雲《くも》

日《に》本《ほん》美《び》と霊《れい》性《せい》の発《はっ》見《けん》者《しゃ》

池《いけ》田《だ》雅《まさ》之《ゆき》

令和3年 9月25日　初版発行
令和6年 10月10日　3版発行

発行者●山下直久

発行●株式会社KADOKAWA
〒102-8177　東京都千代田区富士見2-13-3
電話　0570-002-301（ナビダイヤル）

角川文庫 22846

印刷所●株式会社KADOKAWA
製本所●株式会社KADOKAWA

表紙画●和田三造

●お問い合わせ
https://www.kadokawa.co.jp/（「お問い合わせ」へお進みください）
※内容によっては、お答えできない場合があります。
※サポートは日本国内のみとさせていただきます。
※Japanese text only

ISBN 978-4-04-400670-9　C0195

◆◇◇

角川文庫発刊に際して

角川源義

第二次世界大戦の敗北は、軍事力の敗北であった以上に、私たちの若い文化力の敗退であった。私たちの文化が戦争に対して如何に無力であり、単なるあだ花に過ぎなかったかを、私たちは身を以て体験し痛感した。西洋近代文化の摂取にとって、明治以後八十年の歳月は決して短かすぎたとは言えない。にもかかわらず、近代文化の伝統を確立し、自由な批判と柔軟な良識に富む文化層として自らを形成することに私たちは失敗して来た。そしてこれは、各層への文化の普及滲透を任務とする出版人の責任でもあった。

一九四五年以来、私たちは再び振出しに戻り、第一歩から踏み出すことを余儀なくされた。これは大きな不幸ではあるが、反面、これまでの混沌・未熟・歪曲の中にあった我が国の文化に秩序と確たる基礎を齎らすためには絶好の機会でもある。角川書店は、このような祖国の文化的危機にあたり、微力をも顧みず再建の礎石たるべき抱負と決意とをもって出発したが、ここに創立以来の念願を果すべく角川文庫を発刊する。これまで刊行されたあらゆる全集叢書文庫類の長所と短所とを検討し、古今東西の不朽の典籍を、良心的編集のもとに、廉価に、そして書架にふさわしい美本として、多くのひとびとに提供しようとする。しかし私たちは徒らに百科全書的な知識のジレッタントを作ることを目的とせず、あくまで祖国の文化に秩序と再建への道を示し、この文庫を角川書店の栄ある事業として、今後永久に継続発展せしめ、学芸と教養との殿堂として大成せんことを期したい。多くの読書子の愛情ある忠言と支持とによって、この希望と抱負とを完遂せしめられんことを願う。

一九四九年五月三日

角川ソフィア文庫ベストセラー

新編 日本の面影

ラフカディオ・ハーン
池田雅之＝訳

日本の人びとと風物を印象的に描いたハーンの代表作『知られぬ日本の面影』を新編集。「神々の国の首都」「日本人の微笑」ほか、アニミスティックな文学世界や世界観、日本への想いを伝える一一編を新訳収録。

新編 日本の面影 Ⅱ

ラフカディオ・ハーン
池田雅之＝訳

代表作『知られぬ日本の面影』を新編集する、詩情豊かな新訳第二弾。「鎌倉・江ノ島詣で」「八重垣神社」「美保関にて」「二つの珍しい祭日」ほか、ハーンの描く、失われゆく美しい日本の姿を感じる一〇編。

新編 日本の怪談

ラフカディオ・ハーン
編訳／池田雅之

「幽霊滝の伝説」「ちんちん小袴」「耳無し芳一」ほか、馴染み深い日本の怪談四二編を叙情あふれる新訳で紹介。小学校高学年程度から楽しめ、朗読や読み聞かせにも最適。ハーンの再話文学を探求する決定版！

新編 日本の怪談 Ⅱ

ラフカディオ・ハーン
編訳／池田雅之

怪異、愛、悲劇、霊性――アメリカから日本時代に至るまで、人間の心や魂、自然との共生をめぐる、ハーン一流の美意識と倫理観に彩られた代表的作品37篇を精選。詩情豊かな訳で読む新編第2弾。

小泉八雲東大講義録
日本文学の未来のために

ラフカディオ・ハーン
編訳／池田雅之

まだ西洋が遠い存在だった明治期、学生たちに深い感銘を与えた最終講義を含む名講義16篇。ハーン文学を貫く内なるghostlyな世界観を披歴しながら、一期一会的な緊張感に包まれた奇跡のレクチャー・ライブ。

角川ソフィア文庫ベストセラー

猫たちの舞踏会
エリオットとミュージカル「キャッツ」

池田雅之

世界中で愛されている奇跡のミュージカル「キャッツ」。ノーベル文学賞詩人の原作者・エリオットがちりばめた、言葉遊びや造語を読み解きながら、幸せ探しの旅をたどる。猫たちのプロフィールとイラスト付き。

ペリー提督日本遠征記（上）（下）

M・C・ペリー
編纂／F・L・ホークス
監訳／宮崎壽子

喜望峰をめぐる大航海の末ペリー艦隊が日本に到着、幕府に国書を手渡すまでの克明な記録。当時の琉球王朝や庶民の姿、小笠原をめぐる各国のせめぎあいを描く。美しい図版も多数収録、読みやすい完全翻訳版！

明治日本散策
東京・日光

エミール・ギメ
岡村嘉子＝訳
解説／尾本圭子

明治9年に来日したフランスの実業家ギメ。茶屋娘との心の交流、料亭の宴、浅草や不忍池の奇譚、博学な僧侶との出会い、そして謎の絵師・河鍋暁斎との対面――。詳細な解説、同行画家レガメの全挿画を収録。

明治日本写生帖

フェリックス・レガメ
林　久美子＝訳
解説／稲賀繁美

開国直後の日本を訪れたフランス人画家レガメは、紙とペンを携え、憧れの異郷で目にするすべてを描きとめた。明治日本の人と風景を克明に描く図版245点、その画業を日仏交流史に位置付ける解説を収録。

現代語縮訳　特命全権大使　米欧回覧実記

編著／久米邦武
訳注／大久保喬樹

明治日本のリーダー達は、世界に何を見たのか――。第一級の比較文明論ともいえる大ルポルタージュのエッセンスを抜粋、圧縮して現代語訳。美麗な銅版画108点を収録する、文庫オリジナルの縮訳版。

角川ソフィア文庫ベストセラー

角川ソフィア文庫ベストセラー

ギリシア神話物語
楠見千鶴子

西欧の文化や芸術を刺激し続けてきたギリシア神話。天地創造、神々の闘い、人間誕生、戦争と災害、英雄譚、そして恋の喜びや別離の哀しみ――。多彩な図版とともにその全貌を一冊で読み通せる決定版。

中国古代史
司馬遷「史記」の世界
渡辺精一

始皇帝、項羽、劉邦――。『史記』には彼らの善悪功罪の両面が描かれている。だからこそ、いつの時代も読む者に深い感慨を与えてやまない。人物描写にもとづき、中国古代の世界を100の物語で解き明かす。

東方見聞録
マルコ・ポーロ
訳・解説／長澤和俊

ヴェネツィア人マルコは中国へ陸路で渡り、フビライ・ハーンの宮廷へと辿り着く。その冒険譚はコロンブスを突き動かし、大航海時代の原動力となった。現地を踏査した歴史家が、旅人の眼で訳し読み解く。

世界神話事典 創世神話と英雄伝説
大林太良
伊藤清司
編／吉田敦彦・松村一男

ファンタジーを始め、伝説やおとぎ話といった物語の原点は神話にある。神話をひもとけば、民族や文化、人間の心の深層が見えてくる。世界や死の起源、英雄伝説など全世界共通のテーマにそって紹介する決定版。

世界神話事典 世界の神々の誕生
大林太良
伊藤清司
編／吉田敦彦・松村一男

各地の神話の共通点と唯一無二の特色はどこにあるのか。日本をはじめ、ギリシャ・ローマなどの古代神話から、シベリアなどの口伝えで語られてきたものまで、世界の神話を通覧しながら、人類の核心に迫る。

角川ソフィア文庫ベストセラー

新版 遠野物語 付・遠野物語拾遺
柳田国男

雪女や河童の話、正月行事や狼たちの生態――。遠野郷（岩手県）には、怪異や伝説、古くからの習俗が、なぜかたくさん眠っていた。日本の原風景を描く日本民俗学の金字塔。年譜・索引・地図付き。

新訂 妖怪談義
柳田国男
校注／小松和彦

柳田国男が、日本の各地を渡り歩き見聞した怪異伝承を集め、編纂した妖怪入門書。現代の妖怪研究の第一人者が最新の研究成果を活かし、引用文の原典に当たり、詳細な注と解説を入れた決定版。

一目小僧その他
柳田国男

日本全国に広く伝承されている「一目小僧」「橋姫」「物言う魚」「ダイダラ坊」などの伝説を蒐集・整理し、丹念に分析。それぞれの由来と歴史、人々の信仰を辿り、日本人の精神構造を読み解く論考集。

海上の道
柳田国男

日本民族の祖先たちは、どのような経路を辿ってこの列島に移り住んだのか。表題作のほか、海や琉球にまつわる論考8篇を収載。大胆ともいえる仮説を展開する、柳田国男最晩年の名著。

日本の昔話
柳田国男

「藁しび長者」「狐の恩返し」など日本各地に伝わる昔話106篇を美しい日本語で綴った名著。「むかしむかしあるところに――」からはじまる誰もが聞きなれた昔話の世界に日本人の心の原風景が見えてくる。

角川ソフィア文庫ベストセラー

日本の伝説　柳田国男

伝説はどのようにして日本に芽生え、育ってきたのか。「咳のおば様」「片目の魚」「山の背くらべ」「伝説と児童」ほか、柳田の貴重な伝説研究の成果をまとめた入門書。名著『日本の昔話』の姉妹編。

先祖の話　柳田国男

人は死ねば子孫の供養や祀りをうけて祖霊へと昇華し、山々から家の繁栄を見守り、盆や正月にのみ交流する——膨大な民俗伝承の研究をもとに、古くから日本人に通底している霊魂観や死生観を見いだす。

小さき者の声　柳田国男傑作選　柳田国男

表題作のほか「こども風土記」「母の手毬歌」「野草雑記」「野鳥雑記」「木綿以前の事」の全6作品を一冊に収録！　柳田が終生持ち続けた幼少期の直感やみずみずしい感性、対象への鋭敏な観察眼が伝わる傑作選。

日本の民俗　祭りと芸能　芳賀日出男

写真家として、日本のみならず世界の祭りや民俗芸能の取材を続ける第一人者、芳賀日出男。昭和から平成へと変貌する日本の姿を民俗学的視点で捉えた、貴重な写真と伝承の数々。記念碑的大作を初文庫化！

日本の民俗　暮らしと生業　芳賀日出男

日本という国と文化をかたち作ってきた、様々な生業と暮らしの人生儀礼。折口信夫に学び、宮本常一と旅した眼と耳で、全国を巡り失われゆく伝統を捉えた、民俗写真家・芳賀日出男のフィールドワークの結晶。